漫娱图书
SINCE BOOKS

剑下之臣

戚约 编著

长江出版社
CHANGJIANGPRESS

漫娱图书

爱剑成痴偏执剑修

×

我不做人了话痨忠犬剑魂

他们的本命剑是＿＿＿＿＿＿

背负罪孽的向善杀手

×

落入凡尘的端方神祇

他们的本命剑是＿＿＿＿＿＿

温柔可靠玉面道长

×

单纯乖巧小狐狸剑灵

他们的本命剑是＿＿＿＿＿＿

退休魔尊剑主

×

美丽废柴剑魂

他们的本命剑是＿＿＿＿＿＿

解锁心动属性，

缔结主仆契约！

偏执阴鸷异族大魔王
×
自由悲悯刀界小天使
他们的本命刀是＿＿＿＿＿

人狠话不多的稳重掌门
×
话多路子野的死对头刀灵
他们的本命刀是＿＿＿＿＿

低调可靠大将军
×
高调狂拽小屁孩
他们的本命枪是＿＿＿＿＿

养家糊口小掌门
×
墓里刨出来的恶龙剑魂
他们的本命剑是＿＿＿＿＿

你能破解吗？阅读精彩故事获得线索。

纵使亲友尽叛，世事无常，唯独你手中的剑，永远不会辜负你。

左皂白

余青红

明月夜断刀

文 谢十三

人狠话不多的稳重掌门×话多路子野的死对头刀灵

他口中吐着热气，在左掌门耳旁轻声说：

"上回死得不如意，这回死在你手上，我倒要情愿许多。"

明月夜断刀

文 · 谢十三

刀王谢十三，人狠话不多。
新浪微博 @Maxilla 是谢十三

壹

　　左皂白闭关锻刀十六个月，结果刀体淬成后他想做的第一件事，就是亲手断刀——因为那新生出来的刀魂，好巧不巧，长了一张他死对头的脸。

贰

　　其实涂山传至左皂白这一代的时候，大家对掌门的期望普遍已经不是太高，毕竟就在这短短的几百年里，就已经出现过飞升后又掉下来，最后和老婆去摆摊卖煎饼的掌门，被一只狗拐跑后至今踪影不见的掌门，以及迷路了三百年错把别的山当成涂山的掌门。

　　这就显得左皂白尤其珍贵，因为作为一个涂山掌门来说，他实在是太正常了：一个正常的天才，进行正常的修炼，取得正常的进境，

顺理成章地继任掌门，既没有和别人私奔，也没有娶很奇怪的老婆，甚至没有什么其他特殊的爱好——就连脸都帅得比较正常。

唯一不正常的，大概就是他莫名其妙拥有的那个死对头。

左掌门的死对头叫余青红，生前无门无派，独来独往，爱花爱酒，丝毫没半点修道之人的样子，一生最大的乐趣就是闯人家的禁地，抢人家的宝贝。他来过涂山六十七次，和左掌门便打过六十七次交道，其中光打嘴炮十八次，正经交手四十九次，胜三十八次，负十一次。胜的那三十八次，他从涂山顺走的各色丹药、典籍以及兵器，林林总总数目大概也超过一千了。

就这事儿吧，事后倒也没人敢嘲笑左掌门，因为余青红发起狂来，武力约等于半个修真界，其他门派连个能有来有回和他打一场的都没有，像左掌门这样偶尔还能把他揍跑的，已经是凤毛麟角。

左掌门心里憋着一口气，奈何当时涂山大阵忽然极不稳固，他忙着紧要事，一时半会儿就没顾得上余青红。

等涂山阵又莫名其妙地自己恢复平静，他终于得以喘一口气的时候，却得知余青红将自己当个冲天炮似的点了。

着了，炸了，还死了。

而此刻距离那一日，已有足足九十八年。

叁

左掌门颇有些郁郁。

将近百年过去，乙亥年二月六，莫名其妙在他这儿活过来的这位仁兄，一睁开眼，就比活着的时候还难对付一万倍。

他生得本来就极好，这会儿因为被淬成了"春风渡"的刀魂，

皮肤还白皙了些许，瞧上去就像凡间来的世家公子——就连脾气也挺像，头一句话就是："我莫非转生成了一只鸡？"

饶是左掌门天资聪颖，辩才无碍，一时之间也没能接得上话，愣了半晌，才错愕地道："你说什么？"

变作了刀魂的余青红毫不客气地说："如若不然，那我为何身处……"说罢还环视了洞府一周，"一个鸡窝？"

左掌门：……

只是有段时间没有打扫而已！

他铁青着脸，刀魂却显得非常愉快——因为掌门修为高深，淬炼的手法也十分精妙，所以他甚至在短短几个时辰内就已经凝结出了实体，这会儿一条腿跷起来搁在石床上，一条腿蜷缩着，整个人仿佛一张刚刚摊完的煎饼，又热、又香、又适意。

左掌门按捺住脾气，低声道："我以为，你至少会问一问，你是怎么到这里来的？"

"哦。"余青红饶有兴趣地问，"我是怎么来的？"

左掌门冷笑："问得可太好了，我也想知道。"

下一刻，刀魂浑身一紧，已被看不见的绳索束缚，整个人竖立起来，被缓缓吊至空中。左掌门的眼神慢慢变得冰冷，坐在原地不动，肃然道："我没动过手脚，那便只有你了——再不说实话，我便就地将你炼化。"

余青红也不笑了，面孔神情完全冷下来，凤眼睐着："好……啊。"

他这人，有笑容的时候绮艳，不笑的时候阴冷，这会儿就这么居高临下，垂着眼睛看左掌门。

他被神魂中的牵丝缚住，不好动弹，隔了半晌，垂下头来，没有束起的长发披落在左掌门的肩膀上。他口中吐着热气，在左掌门

耳旁轻声说："上回死得不如意，这回死在你手上，我倒要情愿许多。掌门，主人，你动手时轻一点，嗯？"他的声音很好听，后头这几个字带着尾音，被他讲得十分旖旎。

他说完又朝左掌门吹了口气，将他一绺头发吹得飘了起来，又缓缓落下，正巧摆在面孔中间、鼻梁之上。

左掌门："你给自己留三分脸，行吗？"

余青红不好对付，完全不吃这一套，被晃晃悠悠吊了半日，苦口婆心来劝他。

"左掌门，你这没意义。"他说，"再怎么说，我如今都死成你的刀了，我二人神魂一体，你炼化了我，对你有什么好处？"

他这张嘴，在讨人厌这方面真是天赋异禀，左掌门回忆起从前与他那数十次隔山斗嘴，脑门又隐隐开始作痛，烦躁地道："你闭嘴。"

余青红眨了眨眼，道："我真不知道这怎么回事，不过我这人很随和的，已经过去的事情都可以不再计较，只消你稍微满足一下我的好奇心，我今后便什么都听你的。"

左掌门额头青筋跳了跳："我如果不答应呢？"

余青红："我可以做我最擅长的事。"

左掌门思考了一会儿，试探着问："抢劫？"

余青红："捣乱。"

左掌门思考了一下余青红所定义的"捣乱"，觉得自己有些承受不住。他从前好歹被挡在涂山内门外，要肆虐遭殃的也是涂山外围，如今被放到了门内，这后果……敬谢不敏。

左掌门迟疑片刻，道："你……究竟好奇什么？想知道什么？"

余青红笑道："我当初闯了那么多次涂山，其实无非是想看三样东西，你今日遂了我的愿，我便老老实实全都听你的，你看怎么样？"

左掌门没有说话，安安静静地听着，算是默许了。

"头一样。"他说，"昔年的涂山老祖徐修夷有一把刀，叫作断水流。我想看一眼，你答应不答应？"

伍

此事不算太难，因此左掌门犹豫的时间也不算太长。

他扣响了洞府中的铜环，隔了不多会儿，外头进来个垂髫少年，圆圆脸蛋圆圆眼，生得十分机灵。

他打眼一瞧懒洋洋躺在左掌门腿上的余青红，便"啊"地叫了一声。

余青红睁开眼睛，饶有趣味地与他对视。

这少年是个生面孔，他从前来抢东西的时候不曾见过，因此起了逗弄的心思，笑道："你'啊'什么？认得我？你叫什么？"

"我不认得你，'啊'是因为你长得好看，而且师尊让你躺在他的腿上。你身上的气息与师尊似乎很相似，师尊最近在煅刀，我猜你是他刚刚煅出的刀魂？"少年说话不快，慢悠悠一句一句，最后笑眯眯地补充，"我叫成宵，夜宵的宵。"

余青红瞧着他圆圆的脸蛋和老成持重的样子，没忍住扑哧一笑。

成宵的脸立刻就红了。

左掌门干咳了一声："这是你……之后，我新收的弟子，十分机敏，负责我的日常起居。地宫也是他在看管，让他领你去看断水流吧。"

听到"地宫"二字，余青红的眼睛亮了一亮。

成宵在旁道："是。"

左掌门："看紧点，只准看，不准他摸。他虽然是我的刀，但手比较贱。"

余青红：……

"你不要怪师尊，他说话虽然难听，但其实人很好的。"小圆脸成宵一路上絮絮叨叨，不厌其烦地给他解释，"他没有亲自陪你来，也是有不得已的苦衷。"

余青红心道，不是因为看到我眼窝子痛吗？嘴里却笑着问："什么苦衷？"

成宵道："师尊于修行一道虽然悟性极高，但天生经脉就较别人少一脉，旁人气息贯通七窍，对他来说却并不是如此。他修习任何法门，都比常人要困难得多，但他一直很勤奋，将这些缺漏处都修补了。

"但他身为涂山掌门，还要负责看管涂山大阵。那阵要消耗的精力太多了，他又天生经脉不全，要分出去的灵力太多，因此每日的这个时辰，往往周身疼痛难忍，不宜出行，一般都是在洞府内打坐休憩的。"

他这话说得极认真，连余青红也郑重起来："你很敬重你的师尊。"

"嗯。"成宵低声道，"有能力也敢于担起责任的人，总是格外让人敬佩。师尊有苦处，但从不以此为理由推卸责任，这就更让人敬佩。"

余青红的目光也柔和下来，轻声道："你说得很对。"

就这么会儿工夫，两人已经穿过长长的甬道，进入了地宫。成宵将地宫的门打开，点燃第一盏灯，两边灯火便连珠般亮起，一瞬间将一处十分宽阔的正殿照亮。

"老祖当年的那把佩刀，其实原本名曰水流，取意心如活水，无断无续。"成宵同他解释道，"祖师爷得道前，曾携此刀苦修百余年，踏遍九州，见过无数山川变换，身殒后十二日，刀断成七截，自此便叫作断水流了。"

他说罢带着余青红拾级而上，只见正殿前方挂着一幅画像，画中人只有一个侧影，但风采卓然。

余青红笑道："此人有些眼熟。"

成宵向前，恭恭敬敬地给画像行了三次大礼，这才低声向余青红道："这便是我们的祖师爷，徐修夷。"

余青红"哦"了一声。

成宵道："你听过祖师爷的故事吗？哦，你是新生的刀魂，大约没有听过。"

余青红："倒也略知一二。"

余青红："徐修夷，凡人成圣，在涂山悟道，创立涂山派。后魔界入口出现在涂山，形成一道裂缝，妖魔现世，横行人间。他……以肉身与本命兵器落六百二十一道符箓，布成涂山大阵，将裂缝彻底封压。"

成宵轻声道："是的，但师祖完成这一件事后，便身殒道消，之后十二日，就连他的随身佩刀也跟着断成了好几截。"

他说着，向画像又叩了几个头，随后在石台处轻轻一碰，那石台中央便有一个小一些的玉台升了起来，那上头摆着几段长短不一的断刃。

刀本身并不起眼，如今断了，就显得更加黯淡无光。

余青红伸出手去，本想摸上一摸，但瞧见成宵担心的眼神，又缩了回去，道："你放心，我真的就只是看看。"

成宵："嗯。"

成宵："其实能看到你，我很高兴的。师尊有了自己的刀魂，也一定很高兴。"

余青红："为什么？"

成宵垂下头，似乎有些不好意思："我入门晚，翻阅过许多宗派内的典籍，看过涂山历任掌门的生平事迹。我觉得，师尊与祖师爷是最像的。"

余青红："哦，像在哪里？"

成宵："诚。历任掌门，无不是天资聪颖、惊才绝艳，有诚于剑道者，诚于本心者，诚于天下义者，但只有师尊与祖师爷，是诚于涂山，诚于掌门这个身份。当年祖师爷有断水流，如今师尊也有了你，我觉得，真的很好。"

余青红笑了一笑："你这个说法，简直将他捧上天去了，真不是故意在我面前拍马屁吗？"

成宵"哎呀"一声，涨红了脸，气鼓鼓又看他一眼，不说话了。

余青红哈哈大笑，隔了一会儿，叫道："喂。"

成宵仍旧没消气，瞧了他一眼，过了半天才不情不愿地道："做什么？"

余青红道："你说，刀会转世吗？"

成宵："哈？"

余青红瞧着石台上的断水流，道："刀既已生灵，便是活物，必有其魂，既然有魂，为何不能转世投胎？"

成宵："听着好像有点道理？"

余青红："既能转生，那能不能变成一个人呢？"

"哇。"成宵咋舌，"你这把刀未免也想得太多了吧！"

两人走下台阶去，行出许久，忽闻身后那已经闭合的玉台上有什么东西，发出了嗡鸣之声。

"锵——"

成宵疑惑地停下脚步，四处看了看，道："你听见什么声音没有？"

余青红袖子里的手轻轻一动，那玉台上断剑发出的嗡鸣之声便骤然停了。

"没有。"他迤迤然道，"你大约是听错了。"

余青红回到内室的时候，左掌门正在假寐。

他积威甚重，成宵不经传唤也不敢轻易入内，在外面就告退了。余青红自己一个人走进来，瞧了半晌这位年轻掌门的睡颜，觉得甚是有趣。

他其实年纪是真不大，模样也十分俊秀，只是做掌门太早，衣着行止都十分老成，看上去很不讨喜——不过现在余青红看着，又觉得有些欢喜了，缓缓坐近了，轻轻碰了碰他的脸颊。

左掌门一动未动，眼睛也不曾睁开，冷冷道："滚下去。"

余青红莞尔："我不。"

成宵说得没错，这一两个时辰左掌门体内灵力翻涌，虽不至于影响行动，但终归是不大舒服，因此分外不假辞色。

余青红丝毫不以为忤，坐在他身旁，搭着他的脉门笑道："我这

才知道，掌门身上有诸多我不解不明之事。譬如我从前就不知道，掌门与我交手时好几次力有不逮，是因为分灵力于涂山阵后，身体经脉会定时出现紊乱——你从前为何不说？如告诉我那是胜之不武，我又怎会这样无耻，逼你动手？"

左掌门一声不吭，心里骂了句你还不无耻？你简直无耻之尤。

余青红抓着他，将他整个人渐渐拉近，他二人灵力相通，余青红悄悄将灵力打入他数道经脉之中，竟让他身体经脉内的疼痛减少了些许。他的身体渐渐放松放软，余青红一声轻笑，加大了力度。左掌门从善如流，任他这新晋的刀魂帮忙疏通灵脉。

他是修道之人，懒得理什么乱七八糟的俗礼——余青红盯着他白皙的后颈，抿了抿唇，故意将炙热的呼吸喷在了他的耳后。

左掌门："你是狗吗？舌头需要伸那么长？"

余青红难得噎住，干脆垂下头来，专注疏导他体内灵力。左掌门也没阻止，隔了好一会儿，才开口说话。

他说："断水流你已见了，还想看什么？"

余青红叹息一声，过了好一会儿才笑道："多谢掌门，第二样东西，我想瞧瞧掌门的居所。"

左掌门沉默了："你有病吧？你方才不是还说我住的地方像个鸡窝？"

捌

参观住所这一非常无理且没有必要的举动，最终还是被左掌门默许了。

他这洞府实在不大，前后也就几间石室，放置了一些卷宗，也有打坐、休憩的地方，除此之外，只余下小小一个密室。

说是密室，其实也不尽然，只是门扉始终合着，很久没有人迹罢了。

余青红将门推开，只见里面是小小一方斗室，倒也还算得上整洁。里头有个床铺，不大，似乎曾经睡在上面的人身量也不高。他随手翻了翻，见枕头下面有个棋枰，玉石制成，十分小巧玲珑，又翻了翻，见还有个小陀螺，并一张破旧了的风筝纸。

余青红笑道："你这儿还养过孩子？"

左掌门声音闷闷的，木然道："我没有养过，此地……是从来就有，历任掌门都没有去动过，还是祖师爷在时的布置。"

余青红道："哦，徐修夷？"

左掌门："嗯。"

余青红："他养过孩子？"

"他有个弟子……"左掌门道，"似乎是从到涂山之前，还年幼的时候，就跟着他了。"

余青红："他叫什么名字？我怎么没听说过有这么一号弟子？"

他东问西问，左掌门已经有些不耐烦，隔了半晌咬着牙道："不记得了！你有完没完？"

余青红见他真怒了，立刻见好就收，不再说话。他垂下头来，见那床榻内里，藏着个小小的铜匣。

匣子上镌了朵莲花，一半盛开，一半合拢，十分精致好看。

玖

左掌门吸收了他部分的灵力，这会儿又打坐去了。余青红溜达出来，走了没几步，果不其然，瞧见了随侍在外的小圆脸朝他招了

招手。

小圆脸成宵脚步嗒嗒地跑了过来。

余青红笑道："小声些，仔细你师尊听见。"

成宵："哎……啊？"

余青红道："我考校你件事儿，看你研读本派典籍是否认真勤勉。"

成宵眨了眨眼睛："你随便问吧。"

余青红道："祖师爷的大弟子，叫什么名字？"

成宵"啊"了一声，想要说什么，却忽然又闭口了。

余青红笑道："怎么？你不知道？"

"知道自然是知道的。"成宵说，"你问这种背义之人做什么？他这个人，可是涂山的大罪人。"

余青红："哦？"

"这人叫作蔺秋霜——你可别听名字风雅好听，其实就是个浑不懔。祖师爷宠爱他，几乎已经宠上了天，他想要什么，祖师爷几乎没有不给的。时间长了，养得他性子十分跋扈，同门大多不怎么喜欢他，他也独来独往，从不与人亲近，天天只黏着祖师爷。你说讨厌不讨厌？"

"后来啊，就更过分了，他制成了……一件邪物。"

余青红道："哦？什么东西？怎么个邪法？"

成宵道："那东西长什么样没人知晓，只知道唤作什么'千莲万寿匣'，能够吸取人的精元，修为为己所用。"

余青红道："这么神奇？"

"是啊！"成宵愤愤道，"他搞了这么个阴损至极的玩意儿，居然还想用到祖师爷身上去。幸好祖师爷及时发现，大怒，将他赶下了山去。我听人说，也正是因为祖师爷极为疼惜这位弟子，所以他的背义令祖

师爷道心不稳，后来启动涂山印时心绪不宁，这才殒命。"

余青红想起了那方小小的斗室与那小小的铜匣，心说：别的不知道，真心疼惜想必是真的。此人当年究竟是被赶下山去了，还是犯了大错后被藏在了密室里，现下还真不好说呢。

他在原地立了一会儿，手也冰凉，脚也冰凉，体味了一番做兵器的滋味，自嘲地笑了笑。

等他回去的时候，正看见左掌门对着一方棋枰发呆，那东西挺眼熟，似乎就是方才那斗室中的。他看见余青红进来，拂袖将棋枰收了起来，不满地道："你同我那小徒弟讲了什么？"

余青红不回答，蹭着蹭着又坐到他身旁，低声问："你在想谁？"

左掌门："什么？"

"我看见了，你魂不守舍的。"余青红低声道，"棋子是谁的？嗯？"

他是刀魂，身上却热得很，左掌门觉得不太舒坦，伸手去推他，皱眉道："你又发的什么疯。"

拾

当年这位跑来抢东西的时候还只是讨人厌，这会儿还学会了烦缠，左掌门已经一脑门子的官司，此刻看着他，七窍都已快生烟了。

余青红仗着两人神魂相通，用了巧劲不被甩开，挨得近了，忽而问："你说，修道之人，能记得前世因果吗？"

左掌门道："人死入轮回，都要过奈何桥喝孟婆汤。就算你修成了个神仙，既死了，做了另一个人，便不可能还记得。"

余青红："你不记得？"

左掌门冷笑，反问："你记得？"

余青红瞧了他半晌，低声道："倒也不能算记得……大概就是，还有那么一点点印象吧。"

左掌门："可算了吧，我要是信了你的话，我就是个傻子！"

此刻又到了辰时，余青红自告奋勇，又要来替掌门人减轻痛楚，花言巧语，又想出了新招："你这经脉，瞧着像先天有损，倒也不是全无办法。我身上有你一半精魂，只消用我体内的兵道戾气修补你缺损不足的经脉，九成能将此事解决。"

左掌门听闻"九成"这词，便将前头那些乱七八糟的都忽略了，道："行，那就试试。"

自刀魂成形以来，左掌门这还是头一回主动碰触自己的刀，余青红浑身颤了一颤，一边靠近他，一边口中笑道："奇怪，我虽是刚做刀，但一碰你手，却好似已触碰过千万次——你有这种感觉吗？"

左掌门："没有，你废话真多。"

余青红又一笑，他已身为刀魂，生前的痕迹自然已不见，身体白皙，覆着一身薄薄的肌肉，线条十分流畅好看。"是，不废话了。"他轻声哄着，"来，将另一只手给我。"

左掌门毫不犹豫地将手递过去，这是握刀的手，虎口处有着明显的茧子。

灵力涌动得太快，左掌门有些不适应。余青红低下头，调整好两人的内息，轻声说："嘘，别动，掌门记着，我是你的刀。刃向外，这里，是刀的心。"

两人体内灵力开始流转，左掌门轻轻"嗯"了一声，因为神魂之间没有障碍，所以他的心境也逐渐变得平和。余青红的呼吸微微有些急促，神魂颠倒之时，他仿佛又模模糊糊瞧见一幅从前也见过的画面。

023

那是一处不知名的山谷，风悲窍吼，四处都是黑沉沉的，地上布满了各色繁复至极的符箓与阵法，纵横交错。一名青年勉强在阵中站着，足下已积起一汪血水。就在他身后，一柄长刀悬于阵上，长刀前有一虚影，正俯下身来，在虚空之中伸出双臂，仿佛正要用身躯守护住地上的青年。

然后画面急转，扶摇直上，是万里山河、云雾溪涧、飞鸟走兽，与世间千千万的生灵。

左掌门正被经脉中的痛楚吸引着全部的注意力，对此一无所觉。余青红叹息一声，低下头来，像那模模糊糊的记忆画面中一样，轻轻揽住了左掌门。

"没关系。就算你不记得我，不在意我……就算你还想着你那害人的小徒弟，也都没有关系。反正……"他轻声呢喃着道，"反正，我已经又是你的刀了。"

左掌门忙着汲取灵力，修复经脉，自然也没工夫去细听他又咕哝了些什么，催促道："你快些。"

余青红叹息一声："遵命。"

他这听着不着调的法子，居然真的奏了效，左掌门那先天不足的经脉，居然真的被修补上了七七八八。

他因此心情大悦，几日以来面色初霁，余青红打蛇随棍上，笑道："掌门既然得了好处，那我能不能也讨要些好处？"

左掌门笑骂："还想看什么？我这弹丸之地也无旁的可看了，你早些说完，我们也早些看完。"

余青红目光落在他身上，又缓又慢地道："既是如此，那我想去看看那传说中封印万千魔气，靠祖师爷死殉维持下来的涂山阵……

也可以吗？"

左掌门面色又微微沉下来，仔细看着余青红，似乎想从这张毫无瑕疵的脸上看出什么端倪来，隔了一会儿，才低声道："那是涂山禁地，也是兵刀气聚集之地，你是刀魂，不宜前往。"

"可我是你的刀。"余青红柔声道，"我不怕，难道你怕？左掌门，我心志极坚，是绝不会被兵刀之气影响的，你且放心。"

左掌门又瞧了他半晌，略一沉吟，最终妥协。

这回他们要去的地方，不能再让小弟子成宵跟着，成宵还有些纳闷，但见是师尊与刀魂一起去的，又莫名放下心来。瞧着他二人的背影，不知怎么的，成宵突然想起地宫中长久相伴的那一幅画像与早已碎裂的长刀来。

他觉得师尊这把春风渡虽比不上当年的断水流，却也是极好的一把刀，那刀魂同师尊站在一起时，坚定、安然，似一棵遇雨的青松。

那是师尊这样孤冷的人，从未有过的陪伴。

拾壹

这日黄昏，余青红此生终于第一次真正见到涂山阵，它位于山涧深处，穿过一处狭小的山道，走过数个封印结界，便可到达。

他记忆中的阴风已不再，四周显得非常平静，地上的符箓经过这许多年，已没有了光泽，阵法的朱笔痕迹斑斑驳驳，几乎已快看不清了——看上去既不威严，也不宏伟，因度过了千百年，反而显得破落、陈旧，没有一点生气。

左掌门留心着余青红的表情，淡淡道："失望吗？"

"谈不上。"余青红笑道，"与我想象的不太一样罢了。"

025

左掌门不置可否，向前踏了一步，立在距离法阵大约丈余之处，忽而问："你提了好几次祖师爷，似乎对他很感兴趣。你觉得，他应当是个什么样的人？"

"你的小徒弟说他至诚。"余青红想了想，道，"其实我觉得，他可能只是一个很简单的好人。"

左掌门："哦？"

余青红："我听说过他和他那个小徒弟的事。"

"哦，蔺秋霜。"左掌门语气淡淡，表情也淡淡，"回到我的问题，为什么说他是一个很简单的好人？"

余青红："除了创立涂山派，镇压魔气，他一生似乎没有别的好恶。蔺秋霜背叛了他，他没有把人杀死，也没有赶下山，反而藏在了密室里，这很难以想象。"

左掌门嗤笑一声："这种人，我以为旁人都会说蠢。"

余青红道："我却偏偏很喜欢这样的蠢人。"

左掌门冷笑道："你若知道他那个徒弟弄出的是个什么东西，大约就不会这么说了。千莲万寿匣，汲取一人毕生精元，换另一人万寿。这丧心病狂的家伙被宠爱着活了几十年，心比天还高，一心想着要得道成仙，仗着天资聪颖，于器物一道精通，连养大自己的师父也不肯放过……"

他一向冷静，但此刻不过说了几句，眼角竟微微有些泛红。

余青红连忙柔声道："是，你瞧，人最不靠谱，只有刀才靠谱。"

左掌门："你以前不也是人？"

余青红笑道："做人有什么稀罕的？我现在忽然不爱做人了，宁愿一辈子做你的刀。"

左掌门："我呸。"

这夜成宵没有睡好，迷迷糊糊睁开眼睛的时候，瞧见面前坐了个人。

他吓了一跳，想要跳起来，但浑身十分酸软，竟半点也不能动弹。他壮着胆子道："是……谁？"

面前有一小簇火苗亮起来，来人的眼睛很亮，坐姿十分随意，手里托着个不知道什么制成的小匣子。

成宵一颗心仍旧吊着，道："你……你是春风渡的刀魂！你缚住我做什么？"

余青红没答这句，反而托起了手中的铜匣，低声问："认得这是什么吗？"

那铜匣上，有一枝半开的血莲花，刻得纹路分明，十分精美。

成宵一颗心猛烈地跳动起来，这铜匣的样子，典籍上虽然未曾写得这样清楚，但看到这血莲花，感觉到匣子上压抑的、阴诡的气息，怎么还会猜不出来这是什么东西？

"千莲万寿匣。"他低声说，"你从哪里拿到的？你……你究竟想做什么？"

余青红道："从你师尊的房间里，他只顾着岌岌可危的涂山阵，半点也没有防着我。"

这话信息量太大，成宵愣了愣："你说涂山阵……不可能，涂山阵明明还好好的！"

"是吗？"余青红淡淡道，"数百年来，你师尊修为早已稳固。为何直至近日才想起来煅刀？你想过吗？"

成宵："他……他……"

余青红眉梢微挑，柔声替他把这话说了下去："他想效仿当年徐修夷，以肉身入阵，修补封印……因此急着炼刀，提升境界——哦，你们觉得牢不可破的涂山阵，其实早就千疮百孔，最多也就再能支撑几日啦。到时候万魔现世，不知道又是个什么光景呢？"

成宵："我师尊不会让这样的事发生。"

"是。"余青红瞧着他，神色也柔软起来，"他不会，他开始锻刀的时候，只怕就和当年的徐修夷一样，已经想好要怎么去死了。"

他说这话时，语气倒也平淡得很，成宵听在耳中，也不知道为什么，心头无比酸涩。

余青红却没有再继续说下去，反而转向了另一个话题，道："你没有见过我，其实，你的很多师兄弟们大概都是认识我的。我叫余青红，你听过这名字吗？"

若不是不能动弹，成宵只怕已经从榻上蹦起来了。

余青红也不理会他的反应，接着道："我这一生，无父无母，不知自己从何处而来，不过对于涂山，总是有分亲切感。所以那时候才总是来叨扰，很对不住。"

成宵心说：你那是叨扰吗？你那是打劫啊。

余青红笑了笑："你不信也罢……我自出生起，便常看见些幻梦般的画面，山河万里、闲云飞渡，许多我绝不可能去过的地方，见万万千生灵，人间百味百态，仿佛我早已一一体味过。但这些幻梦中，我见过最多的、最清晰的，却是涂山与那涂山隐秘处的那一座大阵。"

他说到此处，笑了一笑："你们恐怕只见过那阵最平静时候的样子吧？殊不知它原本并不是这样的，有无数可怕的悲鸣声、怒吼声，有猎猎的、欲将你撕碎的罡风，有无数的乌云密布，让你睁不开眼睛，没有办法前行。那个时候，只要徐修夷退一步……只消一步，那今

日的人间，恐怕就已全部变成那个样子了。

"我见了那么多的画面，自然而然开始怀疑自己的身份——我是谁？或者说，我究竟是什么？为什么天生就有旁人求也求不来的根骨？为什么我甚至不需要师门，自行修炼，都能够迅速有所成就？

"直至百年前，我忽然和那涂山大阵之间有了一种感应。这种感觉很奇怪，仿佛我生来就是其中的一部分一样，我能感觉到大阵内部极不稳固……距离徐修夷布下此阵，已过去数百年，封印要崩裂，似乎也不是一件不可能的事。

"我在很遥远的地方，试着将灵力不断地输入大阵，我没有想到，这竟然能够成功。这几乎已经能够说明，我与涂山大阵有着密不可分的联系，甚至可以猜想在阵布成的时候，我便已是其中的一部分了。或者说那个时候，我甚至还不是……不是一个人。"

"断水流。"成宵低声喃喃道，"你便是那把……碎裂于阵前的断水流？"

"或许是吧。或许当时的我作为刀魂，是将全数的灵力输出，这才勉强压住了躁动的涂山阵，但自己也因为无法控制奔涌而出的灵力，走火入魔，力竭而死。虽然我不知道弥留之际，我是怎么由断水流的刀魂变作了人，但大约是因为我本就是刀魂，所以后来身死，便又在春风渡这把刀上转醒过来。"

他的目光落向不远的前方。

"而我很快便能感觉到，我能在'春风渡'上活转回来，是因为不仅我回来了，当初带着我踏遍云山、布下大阵的那个人……也回来了。也正是因为他在这里，我残余的这一点刀魂才能重新在涂山苏醒。

"时隔数百年，我终于……终于又做回他手上握着的那把刀了。"

成宵心中千头万绪，几乎不知应从何讲起，隔了半晌，他才轻声道："按照你的意思，师尊是徐修夷转世，而你是他的断水流。那你偷这千莲万寿匣做什么？你和我说了这许多，又想要我为你做什么？"

余青红笑道："真是个聪明孩子。"

他低下头，伸手摩挲着手中的铜匣，低声道："器物本身并没有善恶，端看如何使用。蔺秋霜用它来害人，我也可以有其他的用处。我想要大阵得固，也想要你的师尊活着。此时此际，封印不知能维持多久，但他绝不能死。借一人精魂，渡一人万寿，拿着匣子的人既可以从别人处收取精魂，为什么不能将自己的精魂，借渡他人？"

成宵："你……你要……"

余青红"嘘"了一声，道："我告诉你这些，是想要你替我办一件事——我施术之后，恐怕无力再收拾局面。万寿匣开始发挥作用后，你师尊应会昏睡几日，待他醒来时，你替我将这铜匣收起来，莫让他看见，你做得到吗？"

他说得轻巧，成宵的眼眶却有些发红："你……你不怕魂飞魄散？"

余青红垂目，瞧了他一会儿，笑道："你觉得我很委屈？"

"你牺牲了很多，"成宵道，"但你做的这些，师尊他一样都不知道。"

余青红道："说是为他，倒也不尽然。"

成宵道："那是为了什吗？"

余青红道："为我当日与他所见山与水，云与日，或悲或喜万物，或善或恶生灵。"

成宵彻底愣住了。

隔了好一会儿，他才轻轻开口。

"好的。"他说，"好的……我答应你。"

这一日天气极好，向来多雨多雪的涂山上方，竟现朗日昭昭。

左掌门穿上了当年徐修夷穿过的掌门长袍，背负长刀，余青红落后他半步，两人沿着那条狭长的山道，朝山涧深处的涂山阵走去。身后，跟着一言不发、双目仍旧微红的成宵。

余青红道："不通知其他弟子吗？"

"生死一线。"左掌门淡淡道，"如你我成功，一切无恙。如失败，所有人迟早都要被这魔气吞噬，他们来与不来，有什么两样？"

余青红叹息道："有理。"

两人相携向前，左掌门看了身旁人一眼，最后低声道："你成形不久，与我牵绊不深，之后若我……你可自行离去。"

余青红瞧着他，点了点头。

左掌门也不再多话，一掌按下，阵中符咒一一亮起，有的明亮些，有的黯淡些，但皆隐隐震动，下方已能听见万千魔族的嘶吼与咆哮声。

余青红双手轻轻地拢在袖子里，从背后盯着他清瘦、笔挺的背影瞧了一会儿，从衣襟里摸出个铜匣子来。

匣子上，开了半朵鲜红色的莲花。

对于身后的这一切，左掌门并没有察觉，他的全部精神都已经用在了修补阵法上，细密的汗珠从他额头上淌下。而在此过程中，他身上的皮肤也开始崩裂，鲜血渗透了几层衣衫，渐渐地在脚下积

起了血泊。

余青红就站在他身后，静静地看着，既不阻止，也不出声，眼看着他将全身的灵力渐渐耗尽，皮肤也变得苍白失去血色。原本在轻微颤抖着的大阵终于再一次平静下来，本已褪色的六百二十一道符箓重新变得鲜艳。

左掌门也没有再说话。他仍旧笔直地站在那里，回过头来，看了一眼自己曾经的死对头、现如今的刀魂，又看了一眼小徒弟，然后缓缓地闭上了眼睛。

成宵还是没有忍住，哭道："师尊！"

在他压抑颤抖的哭声中，余青红轻轻叹了口气，从袖子中取出了那个铜匣，站在左掌门身后，轻轻地接住了他仍旧温热的身体。

阵前有耀眼的光芒瞬间迸发。

余青红先是没有了声息，而后没有了温度，到最后连形体也彻底消散了，他完全变成了左掌门随身的那柄长刀"春风渡"，"哐锵"一声，直直扎入了涂山阵中。耀眼而蓬勃的灵力，从那小小的匣子里流转回左掌门体内。

风已止，四周一片静谧。

成宵在原地愣了半晌，抹干净眼泪，站起身一步步走至阵边，预备伸手去捡那掉在地上的千莲万寿匣。

忽然，有一只苍白的手抢在他前面，将那匣子轻轻拾了起来。

成宵抬头一看，呼吸一窒。

"师……师尊？"

左掌门的脸色仍旧很苍白，但双目澄明，显然十分清醒。

成宵："您……您怎么？"

左掌门："你是想说，我此刻应当昏睡，是吗？"

成宵垂下头去："他……他说，你不会这么快醒来的。"

"哦，一般的确是这样。"左掌门一手托着那匣子，用另一只手的食指，轻轻摩挲着匣子上的莲花，"但我不同。"

成宵："有什么不同？"

左掌门道："这千莲万寿匣，本就是我制成的。"

成宵："什么？"

他反应了好半晌，才颤声道："可是千莲万寿匣……千莲万寿匣不是蔺秋霜……"

左掌门淡淡"哦"了一声，转过头来，朝着他笑了一笑："蔺秋霜，这个名字实在久远，已经很久没有人这样叫过我了。他同你怎么说的？说他是断水流？"

成宵道："他……他不是？"

左掌门道："当然不。"

左掌门看到他瞠目结舌的神情，似乎也觉得好笑。他面上仍旧没有太多血色，靠着方才还风雨飘摇的大阵坐了下来，隔了一会儿，从怀中取出一副小小的、木纹精致的棋枰。

成宵从未见过他下棋，这会儿却见他在这诡异的时间、诡异的地点摆开了棋枰，落下一白子。他左手执白，右手执黑，下得并不快，却也不慢，好似已经很习惯这样自己陪自己下棋。

有清风拂过，他抬头看了一眼成宵，叹了口气，淡淡道："你知道，我为何今日偏偏让你跟来？"

成宵愣愣摇头。

"因为你虽然有些蠢，但是很崇拜他，这很好。"左掌门淡淡道，"会崇拜徐修夷的人能分得清大势，关键时刻，应当也下得了狠手。"

成宵道："下……下什么狠手？对谁？"

左掌门道："我。"

他说完这话，两人身侧本已平静的大阵忽然又轻微地震动了一下。

成宵吓了一跳，他因为要捡盒子，本来已经离大阵很近。此刻下意识望了一眼，只见阵下黑气翻涌，空气已经扭曲，阵法中本来已有了光亮的符箓，有几个光芒竟有些不稳定。

左掌门："瞧见了吗？这才是真正的涂山魔气。"

成宵后退半步："它……它还没有被完全镇压。"

左掌门轻声道："哪会如此容易，"他说着手掌一翻，掌中出现一把剔骨尖刀，低声道，"你过来。"

他神情十分严肃，成宵浑身一颤，下意识接了刀，声音已带上了哭腔："师尊！"

左掌门不耐烦道："又不是让你杀人，哭什么？你过来，将我身上这处经脉剖开，挖出来。做得到吗？"

成宵哭到一半，吓得噎住了："啊？"

左掌门瞅了他一会儿，阴恻恻道："你若不想余青红心血白费，白忙一场，就老老实实地动刀……我要不是怕后力不继，还能用得着你？"

这话说得极重，成宵望了一眼又在蠢蠢欲动的涂山阵，咬一咬牙，终于颤巍巍举起了刀。左掌门的背很瘦，骨头凸出来，也像锋利的刀。

很快，鲜血随着他的背脊流淌下来，蜿蜒成一道红线。

成宵到底是正经的涂山子弟，刀工比一般凡人刀客灵巧得多，但小心翼翼避开要害剖了不过一半，左掌门就等得不耐烦了，自己伸手进去，扯住一头，生生将之往外一抽。

成宵惊呼一声。

左掌门面色也略微有些苍白，低头握着那从自己身上抽离的、血肉淋漓的筋脉，双手一指。那筋脉飘浮起来，至阵中一处光亮薄弱处，沉了下去，直到彻底没入阵中。

他看了看成宵，声音略有些虚弱，却十分愉悦："你想知道，我为什么要这么做？"

成宵轻轻点头。

左掌门笑了笑，隔了会儿，低声道："万事之始，是因有一日，有个小孩儿用一把刀无意中劈开了……一棵大树。"

拾陆

"这个故事应从哪里说起？"

"哦，是因有一日，有一个小孩儿用一把刀劈开了一棵大树。"

"那树很不一般，已经长了几百年，那小孩儿也很不一般，是个皇子。这个皇子生来就同别人不太一样，不但长得好看，聪明机灵，力气也比旁人大上许多，很得父亲的喜爱。但他长到七八岁的时候，父亲去世，他的哥哥做了皇帝，这小孩儿的日子，就开始不好过起来。

"一开始，他还被养在宫里，后来越长越大，就连京城都不能住啦，他被送到偏远的一处皇家寺庙里，每日只能跟着一群大大小小的和尚们打坐、念经。就在他们住的院子里，有一棵大树，树干有

两三个人合抱那么粗，枝叶茂盛。有一日，院里有个小和尚病得就快要死了，他的身体不能挪动，只能躺在床上，可他的床榻和窗前都照不见阳光——因为那棵大树的树冠太茂密，正好将这一片禅房都盖在了下面。

"那小孩儿，哦，应该说是少年，当时只有十二三岁，他其实也不大认得那个在香积厨里做粗活儿的小和尚。但那天晚上，他忽然从当初离京的行囊里翻出把没有开刃的刀来，将那棵大树拦腰给砍断了。

"我是不是说过？那棵大树可不是寻常的树，是开国皇帝种下的，底下埋了象征国运的信物。小孩儿这一劈，莫名其妙地就劈出个谋逆的罪名来。他不肯认罪，也知道任何辩驳都没有用，于是一个人拎着那把没有开刃的刀同大树上砍下来的一块木头，离开俗世，去了深山。

"他力气大，人又聪明，光靠打猎竟然也活了下来。后来他在山中寻到个道观，在里面读些记载着修真基本法门的典籍。这天资聪颖的孩子竟就在这渺无人烟的山中入道。因他母亲姓涂，他便戏谑地将这山唤作涂山。"

左掌门说到此处，略微停了一停。

成宵"啊"了一声。

左掌门接着道："他的天赋是真的高，以至于不过百年，随身的那把刀便生出了灵智，化出了人形。"他说到此处，身上的血也差不多止住，他望着阵中那已经缓缓与大阵合为一体、再也看不见踪影的筋脉，叹息道，"此为我能赋予此阵的第一物，也是他教我的第一样东西，那便是勇。他一个养尊处优的孩童，敢作敢为，也敢于抛弃一切独入深山，在对他不甚友好的人世间，硬生生走出自己的一

条路来，世上有几个人能够做到？”

成宵轻声道：“并不多。”

左掌门望着阵中，剧烈地咳嗽了两声，但目光却越来越亮，盯着成宵道：“的确不多……来，准备好动下一刀了吗？”

他的血流得总是特别慢，这一次成宵有了经验，手也稳了许多，左掌门闭目坐着，十分满意。

成宵轻声问：“那少年……后来呢？”

左掌门：“哦，那块被他带出来、影响了他一生的木头，被他削成了个棋枰，山中也没有别的消遣，他便同他的小刀魂在一处下棋。

“落雪也好，落雨也好，每日于晨昏时分，他们都会坐下来下一盘棋。无需言语，也不用任何交流。

“有一日，少年忽然说想要建立一个门派。刀魂说，你就一个人，这么出去招揽弟子，也太没有气势了，不如对外就说我是你的徒弟？

“你说有不有趣？这刀魂与主人，就又变作了师尊与弟子。

“刀魂经主人淬炼，天分也是极高，又仗着和主人的这层谁都不知道的关系，获得了十分的宠爱，愈发地……无法无天起来。

“彼时狐裘蒙戎，天下也正大乱，人间清气不稳，竟产生了裂缝。而这条要命的裂缝，好巧不巧，正在涂山地界上。少年……这时当然已成了掌门，当年就是一个为了不认识的小和尚都能去砍掉大树的傻子，如今人间出了这样的大事，他又怎么肯坐视不管？

“他花了七八年时间研究出一套镇压的阵法，打算用自己肉身精魂为祭，将这道裂缝封住。而他那天性野蛮的刀魂，却说什么也不肯干了。

“这跋扈的小刀魂觉得，这个世间凭什么能教人为它去死？他左想右想，竟恨起掌门来，怨他只顾着虚无缥缈的世间万物，却不肯

回头看一眼他的刀魂。

"掌门花了大把的时间研究阵法，并没有工夫去关心他。所以时间长了，这小刀魂的心智便越来越扭曲。直到后来，他……他潜心研究了一物，心里想，若这人一定要去死，那谁也拦不住，不如就把他的毕生功力偷走。他功力灵力若都没有了，自然也不再去干那些个蠢事。之后要关着他、拘着他，自然是自己说了算。

"那愚蠢的小刀魂那时候只是想，就算无人管那裂缝，真的天翻地覆又怎样？大不了便死在一处，只别为了那些不相干的人去死，便好了。

"他的这点小心思很快便被掌门发现，不但如此，也被许多同门察觉。众人义愤填膺，皆恨不得杀之而后快。他们相伴数百年，在任何时候都不曾争吵，那日掌门看着他的眼神，却让他觉得无比痛苦。一个修士与他的刀，竟然可以陌路到这种程度？

"但他却并没有因此被杀死。

"掌门与众人爆发了激烈的争吵——到了最后，他只是被锁了起来，行动受到桎梏。

"那日掌门来看他，与他隔着一扇窗下了一盘棋。倥偬百年，他们始终相伴，如今却落得这样一个结局，刀魂抑制不住，终于放声大哭，但掌门却只是微微一笑——自始至终，他们都没有再说一句话。

"后来，等刀魂身上的禁锢失效，冲出斗室去往后山的时候，大阵已经完成，而掌门也已仙逝了。"

又一条筋脉被完整地剥出，左掌门如法炮制，将之压入另一方角落。

"这是我能赋予此阵的第二物，也是他教给我的第二件事，那便是恕。千愁万怨，不动本心。人要向前走，自然不能拘泥于太过单

薄的恨，与无休无止的私欲。"

血又慢慢止住了。

成宵第三次拿起刀，眼角的泪已经完全干涸，低声道："对不住，那……那后来你又是怎么……"

变成现在这个样子的？

后半句话他没有说下去，左掌门却听懂了，他低下头，轻轻抚摸了一会儿仍有余温的铜匣，道："那小刀魂这时候才知道后悔，可是光后悔又有什么用？肉身祭阵，神散形灭，是再也无法修补的。他在那阵旁，呆坐了几个时辰，那大阵忽然却又不稳定起来。他望着掌门的尸身，又望着仍旧不太稳定的涂山阵，忽然……忽然就想出另一个法子来。"

成宵声音也略有些苦涩："千莲万寿匣。"

"正是。"左掌门叹息道，"他于是将自己的周身灵力与大半精魂抽出，注入万寿匣。但此刻掌门已死，自然无法再求万寿，只能求他魂魄重聚，得以再生为人。然后小刀魂又拔出自己身上筋脉，作为之前镇压灵力的补充，令涂山阵得以真正稳固。他自己最后只剩下微薄道行，勉力支撑化形。"

"他躲去了深山里，不再见人，慢慢重新修炼，但因为曾抽离经脉，花了寻常人几倍的时间才重新筑基。他随意给自己起了个名字，爬上涂山，扣响山门，通过重重考验，最终成为一名普普通通的涂山弟子。"

成宵："他……他是在等祖师爷吗？"

左掌门轻声笑道："是，也不是。他只不过想走当年他走过的路，做他做过的掌门。他想，或许这样就能明白，当日那个人为何会有那样的选择。"

成宵："那你……那他现在明白了吗？"

左掌门叹息道："或许吧。后来那个人果然也转世成人，刀魂再瞧见他的时候就知道，他还是原来的那个掌门。他是个什么样的人，会做什么样的事，绝不会因为一次两次的转世就发生什么改变。

"他刚刚转世，几次企图闯入涂山的时候，刀魂还阻止过他，后来却发现，这一切都是没有必要的。

"因为只要是他，就注定会回到涂山，注定会完成他想要做成的事——无论使用什么方法。"

成宵："所以你……也没有阻止他？"

左掌门柔声道："不应有人阻止他，因为这是对的事。"

成宵道："但你们相聚了才几日，就又分开了。"

左掌门注视着阵中那柄色泽暗淡的刀，平静地道："或者这是因为，我留在这里本来就是为了等来他，看着他做完想做的事，然后，再完成我要做的事。"

他说到这里，笑了一笑，补充道："就像那个时候一样。"

成宵："您……您当年也是这样做的，所以经脉才会缺失。"

"是啊，不过这是很小的事情，不值得一提。"左掌门望着他，神色也渐渐柔软起来，喟叹道，"我想再等他一次。"

最后一条被完整剥离的筋脉固定在了阵法中的最后一处。

"这是我能赋予此阵的第三物，即为悯。我存活此世，应能见旁人甜，亦能见旁人苦，长悲长喜，长痛长悯，世人所感，皆是我感。故当年他不退，今日我不退。"

三条筋脉在阵法的三个方位落稳，猛然将底下的黑气往下一压，那深渊下面本来隐隐约约的尖叫与哀号声，忽然便静了下来。

　　左掌门欣慰地看着这一切，这时候，他身上的长袍已碎裂多处，浑身鲜血湿了干，干了再湿。他很缓慢地支撑着坐起来，然后，手中万寿匣的光芒再度亮起。

　　不过一瞬，他的头顶上方出现了那把"断水流"悬浮着的虚影，那影子一开始极亮，后来又慢慢变得十分黯淡，直至将万寿匣注满。而接下来，那丝丝灵线又仿佛活物一般，以万寿匣为媒介，融入阵中另一把长刀"春风渡"中。

　　方才余青红化成的这把长刀中，慢慢又有光点晕现，那是成形后又预备重新投入转轮台的魂魄——他曾是徐修夷，曾是余青红，然后在将来的某一日，还会变作另外一个人，在这个世间重新睁开双眼。

　　左掌门注视着这一熟悉的场景，嘴角带着一丝微笑，他垂下头，望着那柄"春风渡"，低声笑道："我曾是你的刀，如今，你也是我的刀了。"

　　说罢，在那小小的木头棋枰上，落下了最后一子。"啪嗒"一声，他的身形，忽在一瞬间，化作了漫天齑粉。

　　有风拂过。成宵扑过去时，阵中又多了一把刀。

　　它同原先已在那儿的长刀交颈，互相支撑，将整座涂山阵再一次牢牢锁住，将蠢蠢欲动的魔族与魔气彻底地断绝在了阵法之下。

　　春风来渡，断水再流。

涂山的第十八位掌门姓成。

这位成真人，一辈子都对收徒这件事很有执念，他常常跑去山门外，瞧见有毅力的、能够爬上来的少年人就会跑过去转悠着看。

不过也有踢到铁板的时候。

那年成真人已经四百多岁，有一日照例在山门外转悠，瞧见两个容貌出众的少年人相携而来。

也不知怎么的，他心头猛然一跳，坐起来想要细看，却听其中一个少年笑道："阿左你看，这人的头发，怎么像个鸡窝？"

另一个少年皱眉道："瞧着很不靠谱，要不我们还是走吧？"说罢真的转身要下山。

成真人急了，跳起来，大叫。

"且慢！"

042

沈琀

许息

我的一个道士朋友

文 纸鸢

温柔可靠玉面道长×单纯乖巧小狐狸剑灵

"师父……"

小狐狸觉得，他突然有了一件想做的事情，

"你可以教我怎么变成人吗？"

我的一个道士朋友

文 纸鸢

我行何所挟，万里一毛颖。
LOFTER@纸鸢

壹

长街上人来人往，道路两旁的小商贩扬起响亮的吆喝声，把许息吓了一跳，他下意识朝旁边躲闪，不料撞在了一个人的腿上。

"小东西，没事吧？"

许息被撞了个趔趄，险些被穿行的路人踩到，他小心翼翼地寻着空处，觉得跟着师父跑到人这么多的地方来，真是个错误的决定。被他撞上的那人蹲下来，摸了摸他的脑袋。

"咦？"

许息有点疑惑，可他还没来得及辨清这个好心人的身份，对方就被别的什么人急着叫走了。好心人对许息笑了一下，起身几步追上了自己的同伴。

"再见啦，小狐狸剑灵。"

许息看着他离开，转瞬之间便没入了人流，如同一滴水汇入大海。

这条街上熙熙攘攘的过客，不论是人还是他们各自的剑灵，都是与自己不同的存在。

　　"娘，你看！"一个叼着糖葫芦的小孩新奇地指着许息，"白狗狗！"
　　"哪有什么白狗？一天天的净瞎说。"
　　许息低下头盯着自己的爪子。同与不同，又有什么关系，反正如今的他除了能被特定的人群看见，其余时候都只是一个虚无缥缈的存在罢了，谁会关心一只狐狸的想法呢？
　　许息有些烦躁地刨刨爪子，再次回头去看方才那人的身影。
　　其实做人也蛮好的，许息想，就像我师父一样，哪怕身上没有好看的皮毛也没关系，师父的头发也很好看，黑黑的，长长的，就像……
　　"小息，跟上。"
　　许息回过神，发觉自己已经掉出了很远的距离。他连忙撒开腿疾跑几步，追上了人群中十分显眼的那道身影。

　　"师父，刚才摸我的也是一个剑灵吗？"许息缩起脑袋，从旁边人迈开的长腿之间钻了过去，走在他的右手边。
　　被许息唤作师父的年轻男子身着玄衣，头戴玉冠，面容俊逸，不笑的时候看上去有些难以接近。他循声朝许息看着的方向瞥了一眼，低声回道："嗯。"
　　许息小声嘀咕了一句什么，男人没听清，他的目光移到脚边努力前进的小短腿上，最终还是忍不住提议道："跟不上的话，回到剑身便可。"

许息顿住脚步，摇了摇蓬松的大尾巴。

师父的长头发很好看，就像……小狐狸的尾巴一样好看。

许息觉得自己做出了一个了不得的比喻，可他并没有体会到该有的满足感，反而觉得心里空落落的——古往今来，传世的名剑中从不缺少美貌的剑灵，它们与剑一体共生，活在说书艺人的话本里，可从来没有哪个话本写过，一把名剑的剑灵竟是一只狐狸。

小狐狸从擦肩而过的人形剑灵身上收回羡慕的目光，他蹲在师父脚边，连他的手都牵不到。

狐狸怎么可能成为剑灵呢？

但天底下，还真就发生了这种稀奇事。一切，还要从许息与师父的相遇说起。

贰

当时的许息，还只是一只普普通通的小狐狸，或者说，小狐妖。

他坐在山坡上，看着眼前那座灰扑扑的房子。

从他来到这座山起，他就一直能从半山腰遥望见袅袅盘旋的青烟，除却下雨的季节，几乎日夜未曾间断过。

"从前有座山，山里有座庙……"许息想到了山下小孩子唱过的童谣。

哦，好像不是庙，但他分不清楚道观和寺庙的区别，只知道都是一群整天焚香念经的人凑在一起，唯一差别似乎在于和尚没头发，道士有头发。

他没有兴趣爬上去看那房子到底长什么样子，也不知道里面住

着谁，更没有什么必要。作为一只连化形都不会的小妖，本能告诉他还是离这些冒烟的地方远一点好。

有的妖适应群居，有的则不然。

许息属于后者，他好像也不大在意自己从何而来，往何处去。他的名字来源于一个人类孩子，后来那个救过他一命的小孩被后母活活打死，许息悄悄把他冰凉的小尸体拖出来埋葬在亲生母亲墓旁，带走了他的姓。

对于人类，他谈不上什么感情，他们毕竟是两个完全不同的种族，想法也不一样。许息不喜欢留在人类聚集的地方，往这座无名山中一躲就是几百年。

他认识一些邻居，和他们关系整体处得不错，觉得比之前遇到过的那些妖好打交道。小猴子问许息，为什么总是盯着山顶的土房子看，许息说我没有看，我只是在想晚上会不会下雨。

其他妖似乎很惧怕前往山顶，他们的活动区域基本都集中在半山腰，如果不需要追捕猎物的话，是打死都不肯沿着爬满青苔的石阶往上走半步的。

小猴子颤抖着说，那土房子里住着玉面罗刹，逢妖必斩，还要把血倒灌下来酿酒，尸体晒成肉干吃。

许息听饿了，不想跟他继续聊下去。

可是山中的日子也不是永远安稳的。

近半年来常听闻又有妖被炼丹的人捉走了，吸收山中灵气的精怪是他们觊觎的原料，不管是助长功力还是拿去卖钱，都有利可图。凶悍些的大妖或许还能与那些术士周旋，稍弱些的只能乖乖待宰。

有妖说，那些人是玉面罗刹的手下；也有的说他们从皇宫来，是给老皇帝炼长生不老药的。许息觉得有些心烦，他记得亲手埋葬的那小孩就是因为不愿透露自己的行踪，才被暴怒的后母打得奄奄一息。

他也亲眼见过那些人怎样给妖怪设套下药，甚至用自己作为诱饵，引心善的妖前来，然后挖出灵核，连皮毛也被剥去进贡。

人的善恶没有妖那样泾渭分明，他们纯良时不堪一击，却又能在一夜之间变成比妖更可怕的东西。

这一夜大雨掩盖了洞外的一切声响，包括脚步。许息惊醒的时候拼命朝前一蹿，躲过身后呼啸而来的利钳。他听见四周粗鄙的咒骂声，在雨点中由远及近。原本幽深静谧的树林仿佛潜藏着无数只野兽，虎视眈眈地盯紧他快速移动的身影。

石阶被雨浇得湿滑不堪，许息好几次被苔藓绊倒，摔得眼冒金星。可是他不敢停下，怪物的鼻息就在脊背之上，他甚至可以闻到雨水中来自它那张巨口的恶臭。

他的心急得快要胀开，隐约听见有人低语："这畜生受了伤，跟着血味儿就能找到。"

许息不敢往后看，眼前全是枝丫嶙峋的鬼影，枝条和泥点抽打得他已经麻木了，只能往前跑，没有目的地跑。

可是面前突然出现了一堵墙，像是凭空落下似的。许息想也没想，拼尽力气纵身一跃，后背却被一道恐怖的力道猛地击中，一座山的重量骤然下压，他哀号一声，从半空笔直地坠了下去。

雨声拍打在石岩上好像咆哮声，闷雷轰隆隆的，许息听不清任何声音，只能无助地趴在地上。

恍惚中，身上令他窒息的重量陡然一轻，他忙着喘气，很破碎地听到几句对话。

是个男人的声音，好冷，冻得他直哆嗦。但那肃杀的寒意似乎并不是冲向他，隐约还有其他的人声响起。

另一个声音很不耐烦，但又有几分忌惮和畏缩。片刻后那声音停了，许息只听得到脚步声，连雨落声也消失不见。

他下意识觉得危险，不知从哪里来的力气，竟然从地上爬了起来，浑身紧绷地盯着来人，湿透的毛都炸起来了。

那个人好高，高得他望不到脸，除了一身压抑死人的黑袍之外什么也看不见。

黑色的袖子下探出一只手，比雪还白，指节修长，似乎有些犹豫地朝许息伸过来。

"哪家跑出来的小狗？"许息听见他低声嘀咕。

许息：……

你才是狗，你全家都是狗！

正宗狐狸精许息往后缩了半步，凶狠地龇出尖牙，喉底滚出示威的警告声，虽然他莫名知道，这个男人根本不可能被他这点小把戏吓退。

那手在空中停滞了一秒，再度向他伸来。许息闭紧双眼，却只感受到头顶被很轻很轻地摸了一下。那人可能本来还想摸摸他紧张得耷拉下去的耳朵，见状又打消了念头，转而把他小心抱起，好像根本不在意这只瑟缩的小动物浑身都是肮脏的泥水和血污。

许息原想着趁机咬他一口脱身，可是一被抱住就丧失了所有斗志——没办法，外面太冷了，这个人类的怀里又太温暖了，许息甚

至不要脸皮地蹭了蹭他的手背。

察觉到这个示好的动作，那人顿了顿，而后拉开外袍将他轻柔地笼在了衣衫内，里面干燥又暖和。

那是许息第一次如此近距离地听见一个人类的心跳。

在那之后发生的事情，许息就不太清楚了。醒来的时候，他只讶异于身体从未有过的轻盈感觉，他似乎再也不需要躲避饥饿和寒冷，轻轻一抬爪子就能飞出十万八千里。

那个救了他的人类坐在一边，正闭着眼睛打坐，看上去像是睡着了的样子。

许息小心翼翼地凑过去，盘算着自己突袭的胜算能有多少。体感的极大舒适令他信心倍增，许息心一横，张口猛扑过去。

然后径直穿过了对方。

许息整只狐狸都傻了，恰在这时那人突然开口："你受了重伤，肉身已经保不住了。我便将你的三魂七魄收入了佩剑之中，以剑养魂，修复你的肉身。所幸这把剑尚且没有自己的灵识，还可暂时予你修炼。小狐狸，你可愿意？"

许息愣愣低头，在寒剑的剑身上看见了自己毛茸茸的倒影。泛着冷光的宝剑光溜溜的，一根毛也没长，散发着某种肃然的古朴气息，许息记住了剑鞘上刻着的文字——息。

剑与狐狸，人和妖，多么不合时宜的相遇。

许息从漫长的回忆中脱离出来，这个从此成了"师父"的男人还在安静地等待他的回应。那些化形为人的剑灵在他们身旁来来去去，手里提着各自主人的行囊，并肩走在所属的那个人类身边，看

上去就像一个个活生生的存在。

"师父……"

小狐狸觉得，他突然有了一件想做的事情。

"你可以教我怎么变成人吗？"

叁

许息在道观中住下后才知道，玉面罗刹根本不吃妖怪。

许息再次确信了三人成虎的道理，除此之外，他还知道了玉面罗刹的名字，叫沈琯——而且他竟然还成了玉面罗刹的剑灵。

刚开始时，谁也看不见许息，包括沈琯。尽管许息觉得自己再也没有了任何阻碍，非常自由，但他也发现了，自己无法离开剑身太远。

但总的来说，已经比做狐狸的时候要愉快许多了。

许息没办法跑出去玩，沈琯就成了他眼前唯一的活物。许息已经很久没和妖以外的生物共处过了，他不免对道士这个全新的物种产生了浓厚的兴趣。

"道长道长，你每天都做些什么呀？

"就打坐念经啊，没别的了？

"哦……你不是和尚，我忘了……你好像有头发。

"那，那道士每天该做什么呢，你还是没告诉我。"

沈琯睁开眼，面无表情也快被逼出表情了："除妖。"

书案前翘起的耳朵尖儿又蔫巴巴地耷拉下去，毛茸茸的一团白球识趣地跑出了沈琯的"视线"范围，再也不吵了。

沈琂看不见他，这是许息经过多次实验得出的结论。然而这似乎丝毫不影响沈琂对他的感知，许息偷吃东西的时候总是会被发现，许息气得牙痒痒，又没办法咬他一口。没过多久，许息就厌烦了这个状态，他怀念自己柔软的毛发，也很怀念山下的日子。

"我不喜欢。"许息蔫蔫地趴在地上，"我不要当一把剑！"

沈琂沉默片刻，伸手碰了一下剑柄，许息觉得他可能把这当作是在摸自己的头。

"那我再努力一些。"过了许久，沈琂说道。

你是人，为什么要对一只狐狸许诺呢？许息想，可你要是真的能摸到我的脑袋就好了。

许息去不了别的地方，他唯一能做的只有相信沈琂。

沈琂果然很厉害，许息发觉经过他的修复，自己的活动范围正在一天天扩大，最终实现了咬沈琂一口的愿望，在他虎口上留下了一个小小的牙印。

尽管除了沈琂之外的人依旧看不见他，但许息如今也没有那么介意了。毕竟他又不是别人的剑灵，也不需要得到其他人的抚摸。

许息喜欢的日常活动是跳上围墙，坐在翘起的檐角上俯瞰山下。他的皮毛恢复了往日的洁白蓬松，大白尾巴在身后摇来摇去，扫过墙上的青瓦。

他发现，原来土房子并不是土房子，只是看上去古朴了些。院里的墙面是朱红色的，屋檐四角翘起，四合的观楼合围成一张巨大的八卦图，中心伫立着许息每日抬头就能望见的香炉。

沿墙外俯瞰，近千石阶蜿蜒而下，隐没在深林中，看不到尽头。

参天的古木撑出院墙，年近古稀的枝条垂挂，好似苍老的胡须。天光就从缝隙中渗下来，被雨水润泽的根部长着灰白色的菌群。

许息问沈琯一个人在这里待了多少年，沈琯说记不清了。

许息觉得他在说谎，因为据他所知人类是耐不住寂寞的，他们对时间很敏感，总是造出各种各样的词语来比喻时间飞逝。倘若不是如此，那个皇帝又为什么想要长生不老呢？

但他是只听话的狐狸，沈琯算他的救命恩人，沈琯不想说的事，那就算了吧。

不过非要算起来，沈琯好像真的比他还要年长。几百年对于妖精而言不算长，所以许息还是只没长大的狐狸，他距离最普通的化形都还差上一截，修炼也只是三天打鱼两天晒网，能自保足矣。

狐妖天生灵力淳厚，白狐一族尤甚，所以许息也用不着多勤奋，但也因为这个，他经常成为被追杀的对象，过了很长时间四处逃生的日子，直到遇见沈琯。

沈琯也是要下山捉妖的，但他只杀作恶的妖。他一边杀着妖，一边保护妖。这座山上所有的小妖怪都是受他庇护，才能安稳地生活了这么多年，只是前些日子结界被破坏了，才放进来一些捉妖人。

在许息眼里，沈琯跟传说中那些神仙没什么区别。

他不食人间烟火，也不关心凡人的事。再穷凶极恶的术士也不敢招惹他，就像兔子见了狮子。除此之外，还有一点很重要，沈琯长得好看。

漂亮妖怪不少，这么漂亮的人许息还是第一次见。画上的人也没他好看，都死气沉沉，而沈琯虽然也没什么表情，却是看得见摸得着的。

他尤其记得沈瑄抱他时候的体温，很暖。

习惯和另一个人共处比独自生活容易多了，许息睡觉的时候已经离不开沈瑄的呼吸和味道，那人翻个身他都会惊醒，要扫扫尾巴圈住沈瑄的手腕才能再次睡着。

刚开始，只有入夜了小狐狸才出现，安静地把自己团成毛茸茸的球，就待在沈瑄枕头边。后来沈瑄打坐的时候，他也悄悄靠过来，趴在蒲团上百无聊赖地晃尾巴，不一会儿就用细小的鼾声成功干扰沈瑄。

一身玄衣的道长身边总是跟着个雪白的影子，他闹的时候，沈瑄很想把这只小妖怪丢下山去，但当它安静趴在膝头睡着的时候，沈瑄又总是忍不住轻轻抚摸他后背的绒毛，不得不承认，手感相当好。

山顶的夜极冷，许息会给沈瑄当毛领，就趴在他胸前，心脏贴着心脏。

好像谁也离不开谁了。

肆

"为什么想变成人？"沈瑄问。

许息端正地在他面前坐好，感觉沈瑄好像有点不高兴，因此不太敢惹他。

"我就是想嘛。"许息没什么底气地嘟囔道。

方才在集市上冷不丁冒出这么一句，许息自己也有点蒙。非要问起来，他好像也找不出什么像样的理由。可能是因为别的剑灵都

有人形，也可能是因为沈琯跟他走在一起的时候，总是需要停下来等一等，许息莫名有些不喜欢这样。

"因为别的剑灵都很厉害，看上去很威风，对吗？"沈琯的声音淡淡的。

许息想了一下，也有道理，于是乖乖点头。

"那你便跟着师父好好修炼，早日修回肉身，才有机会化成人形。"

沈琯停顿片刻，微微一笑，继续诱导他道："待你肉身重塑，便可不再受到剑身限制，想去哪里就可以去哪里。"

许息惊喜地抬起头："真的吗？！"

沈琯不说话，他的瞳孔颜色极深，此刻映了一点点夜色，更显幽暗难测。他眉目皆生得深邃，看谁都深情的模样，目光却又太冷了些，这种深刻就变成了锋利，谁也不敢轻易接近。

但许息从未如旁人那般想过，因为沈琯在他面前总是温润的，没有攻击性的，他一点也不像个古板严厉的师父，他总是无奈，总是心软。然而此刻许息没能读懂他眼神里的信息，只顾沉浸在自己的喜悦之中。

修炼这件事，沈琯很早就提过，这也是许息会喊他师父的原因，因此许息并不觉得沈琯这一次的话与之前有什么区别。

最开始许息叫他道士哥哥，后来变成了师父，辈分越来越高。许息不太明白自己为什么要纠结于辈分这种对于妖来说毫无意义的事情，自从跟着沈琯以后，他好像越来越不像只狐狸了。

说干就干，许息一直自认为是一只有志向的好狐狸。第二天沈琯带着他打坐，半个时辰没过，许息就一歪头倒在旁边的膝盖上睡过去，晚上又被沈琯罚去面壁思过，只有墙上毛茸茸的影子陪着他，

好生可怜。

清晨醒来的时候，许息躺在沈琯的枕头旁，爪子还压着他的一缕头发。

大概昨晚的体罚并没有实际作用，到点还是会困——最后估计还是沈琯把他抓回来的，许息都能想象到他皱着眉叹气的样子。

难得沈琯还没睁眼，许息小心翼翼地就着微光盯他，哪里都好看。

沈琯侧着身，手腕被他的尾巴缠住，是个不怎么舒服的姿势。许息悄悄把尾巴挪开，没想到沈琯浓密的睫毛颤了颤，得到解放的手指微微蜷缩，摸索着找到了那根毛茸茸的东西，用掌心压住。

许息被他摸得差点炸毛，良久才跟着沈琯一起安静下来。

他这一刻突然希望沈琯也是只狐狸，哪怕还没有修成妖也可以。但他不是。

不久之前许息还以为他也是有着白尾巴的妖，只是化作了人形——后来他遗憾地明白，那不是沈琯的尾巴，那玩意儿叫拂尘。

沈琯醒了，散在脸侧的黑发显得他很没有攻击性，甚至有些温柔，一点儿也不像杀妖不眨眼的大魔头。许息大着胆子拱进他怀里，忍不住开始憧憬成为和沈琯一样的人类之后，他们的生活将会变成什么模样。

伍

沈琯教了他好多奇奇怪怪的法术，变成扫帚，变成一棵树、一朵花，总之就是不变人。许息觉得沈琯在耍他，自个儿生了半天闷气，最后还是屁颠屁颠跟着学。

学就学吧，至少许息发现他出错的时候沈琯会笑，眼睛弯弯的，真好看啊。

许息觉得自己学得可认真了，可是第二天醒来尾巴还是尾巴，爪子还是爪子，短短的，笨拙又可笑，没有沈琯的手那么骨节分明。

沈琯没能教他太久，因为他又要下山除妖了。

临行前，许息答应他一个人，不，一只狐狸也会坚持好好修炼，还扬言说没准等沈琯回来的时候，自己已经变成人了。而沈琯则留下了那把许息用来寄宿灵魂的佩剑，只带走了不常用的另一把。

许息每天早上在门框上用爪尖划一道，用来计算沈琯离开的日子，反正等他回来的时候用一道修复符就能填平，好像他从来没有离去一样。

许息打算划第四十五道的时候，沈琯回来了。

他抖抖耳朵，想扑出院子冲进沈琯怀里，却发现他身后还跟着一个漂亮道姑。

有多漂亮呢，大概只比沈琯的姐姐或者妹妹丑一点点吧，如果他有的话。

许息躲在门后面偷听他们讲话，那女子唤沈琯"师兄"，语气急切地劝说着什么，许息听不太明白，可能他的心跳得太乱了。

她说大家都在宫里等你回去，陛下已经没有耐心了。

她还说我知道你养了只雪狐，我原本以为你救下它，只是为了诱它重塑肉身后交出灵核，没想到你一拖再拖，若等它修成人形，再想炼化入丹就没那么容易了。后来她好像哭了，许息不知道沈琯是不是抱了她，雪天那么冷，沈琯的怀里一定很暖和吧。

她喊乱了套，先是师兄，然后变成了阿琯。许息觉得耳边嗡嗡

的全是轰鸣声，很奇怪，明明连雪花也是安静的。

他转身飞快地蹿出院墙，跑得和上山那日一样快。他记得沈琯的话，剑灵离开剑身太远会魂飞魄散的，可是这次他不知道要往哪里去，还会不会有一双手接住伤痕累累的他，轻声说别怕，我不会伤害你。

他又回到自己的洞穴，那里已经被大雪压塌半边，裸露的洞口呼啸地漏着寒风，这场严冬太难挨了，好多妖都被活活冻死，路上四处都是青紫色的尸体。

沈琯为什么要骗他呢，许息缩在自己的绒毛里，尽力蜷得更小，往避风的岩石后面躲去。是想拿他炼丹吗，他在这座一个人都没有的山头住了那么多年，难道就是为了捕杀一只自投罗网的狐狸吗？

许息不愿意去想沈琯教他那些法术背后的动因，他还曾经自作多情地认为，沈琯那时候的复杂神情是因为舍不得自己。寒意刺穿了骨头，连血液里都是冰碴子，一流动就生生作疼，血液最密集的心脏疼痛最盛。

许息迷迷糊糊地闭上眼睛，他觉得一会儿冷一会儿热，可能已经冻傻了。但愿沈琯找到他的时候还没有冻成一块冰，这样沈琯炼丹还能省点事。

小狐狸不知道原来吃掉自己就可以长生不老，早知道这样哪怕让沈琯吃了他，也不至于让那个老皇帝占去便宜。

但还是算了吧，长生不老一定很孤独，他舍不得。

沈琯在旁人眼里是什么样的呢？或许他就是那个最该得到长生的人。因为他原本就孤高冷傲，不与他们来往，早就活成了世外的人物。然而在许息面前，沈琯永远是生动的，他不是谪仙，不是孤

松，他有病痛和哀伤，也会流血流泪。他的确是个偶尔残忍冷酷的人，可他又是那么温柔，他的心跳就是许息在冬夜里唯一能听见的声音，只有许息认识这样的沈琯。

都这种时候了，他竟然还在为沈琯心软。许息很想扯出一个自嘲的笑，可他忘记了那不是属于一只狐狸的表情，所以他只微微张开嘴，隐隐感觉到，自己的魂魄也快随着寒意消散了吧……

再次转醒的时候，有一双手臂正抱着他，快步沿着石阶向上飞奔。

许息朝他胸前轻轻蹭蹭脑袋，闻到熟悉的雪松气息。

沈琯把他搂得更紧了些，呼吸混乱："小息，凝神。"

凝哪门子的神，都要被你煮成药丸子了。许息不屑搭理他，还伸出手发泄似的扯松沈琯的衣领，叫风雪冻死这个骗子。

等等。

手？

许息微微睁大眼睛，看着自己微微发青的指尖，不确信地弯了弯，有点钝痛，还有些痒，彻骨的寒意下是翻滚的烧灼。

等一下，他变成人了？

许息还在恍神的工夫，沈琯已经找来毯子把他裹成一只蚕蛹。修回肉身后，许息知晓了冷热，这才觉得刺骨的冷，血管里又仿佛烧着一汪滚水，两重天挤压着他尚且不适应的五脏六腑，锥心似的难受。

他的脸一片通红，说不清是烧的还是冻的。

"我现在是人了吗？"许息哑着嗓子问。

"不是。"沈琯轻轻掂了掂他，"你还是小狐狸。"

解决完一个问题还有下一个："那你还要拿我炼丹吗？"

沈琯不说话了，他习惯性伸手捋着许息的背，然而现在没有柔软的皮毛，只剩下光滑突兀的脊骨，像瓷器那么温润。

他像被烫了一下，缩回许息腰侧松松搂着："你都听见了？"

许息点点头。其实他想要对沈琯说的话还有很多，只是挑了最紧要的几句，沈琯不给出答案也没关系，不重要的。

他从毯子里伸出爪子，哦，现在是手掌了，轻轻捧住沈琯的脸，把他拉向自己。

"我想陪着你。"他小声却郑重地说。

沈琯的眼眶一下子就红了，他想说什么，却被冰凉的手指捂住了嘴。

"听我说完。"许息望着他深黑的眼眸，说话还有点打战，"我想陪着你，因为我是你的剑灵，也是你的狐狸。我会努力变得很厉害的，我也可以像别的剑灵一样和你一起下山除恶妖，走在你旁边，不需要你再反复停下来等我了。"

"我还想和你一起打坐。如果你还是想把我炼成丹药的话，也没关系，你救过我一命，我把这条命还给你。我怎样都是你的了，从前是你的小狐狸，你的笨蛋徒弟，以后我就是你的长生不老。"

他说得急，一不小心把自己也说得眼眶发酸，狐狸是不会流眼泪的，唯一的解释是眼睛进沙子了。

其实他很害怕被拿去炼丹，但更害怕沈琯对他心软，这样他对沈琯来说就没有任何价值可言了。他不想沈琯养一只新的狐狸，摸它的脑袋，教它奇怪的法术，对它笑，抱着它睡觉。

那样真的太残忍了。

沈琯温柔地揉着他和皮毛同样柔软的头发："不会的，我保证。"

许息这才体会到落泪的滋味，所有冰封的雪都化成了水，淅淅

沥沥地在他身体里下了一场大雨。

他笨拙地抬起手臂，终于能给沈琯一个合格的拥抱。

陆

沈琯依旧每日督促许息修炼，许息仗着光脚的不怕穿鞋的，即便被师父拿去炼丹也没什么可怕的，直到沈琯说他要去很远的地方，去很久很久时，许息才有点慌了。

"你还回来吗？"许息巴巴地望着他，恨不得变成狐狸形态挂在他腿上。

沈琯坦白道："我不知道。"

"那我可不可以跟你一起去？"许息快掉眼泪了。

他化成人形也只是个十几岁的少年样子，微微下垂的眼角仰视过来显得惹人怜爱。

"我不是你的剑灵吗，你要去捉妖，怎么能不带上我呢？"许息着急地说，"我知道以前是因为我太弱了，根本帮不上你的忙，可是现在我比以前要厉害很多了，我还修成了人形，不会拖你的后腿的！"

"师父没有怪你。"最终沈琯也只在持久的沉默后柔声说，"乖乖等我，好吗？"

许息知道自己留不住他，沈琯没有必要对一只什么也不懂的狐狸许下承诺。说到底沈琯究竟想不想要一个没用的剑灵呢，他不过是用剑偶然救下的一只小妖，和放走一只山雀，避开一只蚂蚁没有任何区别。

但沈琯要他等，他就一定会等。

"好。"许息点点头。

他怔怔地望着，一直到沈琯走下第六百一十四阶石梯，再怎么努力也看不到他的背影了。

沈琯的确离开了很久很久，许息已经换了另一边门框划标记，他依然没有回来。

其实许息已经学会了怎么画修复符，但他就爱看门框破破烂烂的样子，这样他才能记住自己还在等待一个人，不至于在漫长的岁月中变得麻木而迟钝。

冬季依旧严寒，许息在院子里堆了个大大的雪人，给他取名字叫沈小琯。沈小琯有萝卜做的鼻子和花生粒那么小的眼睛，许息每天会化成狐狸和他一起蹲在门边望着山下，两团白球紧紧依偎，香炉燃起的青烟逆着雪流盘旋而上，像一盏引路的灯。

沈小琯彻底化成雪水的那天，沈琯回来了。

许息扑过去一把接住浑身是血的沈琯，觉得自己的心跳都快彻底叫停。

许息在道观里上蹿下跳地找灵药，晃得沈琯眼花。

"小息……"他的声音很低，每个字都得停顿很久，"过来。"

许息战战兢兢地靠着他坐下。

"不会有事的，别怕。"沈琯轻轻地说道。

原来玉面罗刹真的是玉面罗刹，他曾经是国师的大徒弟，也是门派里最年轻有为的弟子。国师死后本该由他接任掌门之位，但沈琯不愿追随年老昏聩的皇帝，和门派断了关系，独自退隐，永居深山。

皇帝承诺他师父的安康盛世并没有到来，再贤能的帝王也想要久握大权，他成就得越多，放不下的就越多。昔日以仁德闻名的皇

帝开始滥杀无辜，压榨穷苦百姓捉妖抵税，并且举国大兴炼丹之风气，民不聊生，生灵涂炭，人与妖的平衡走向分崩离析的边缘。

老皇帝不止一次派人找过沈琯，他的丹药屡次失败，原因在于缺少一味先天灵物作引，此物聚天地灵气而生，世间极其罕有，名曰雪狐。

即使真的有人炼成了长生不老药，能迎来盛世太平吗？

沈琯心中已有答案，在他捡到那只小狐狸的夜晚，他就选择好了自己的路。但这是个铤而走险的决定，就连他也不知道胜算有几分。所以他固执地希望许息潜心修炼，即便没有他的庇护，至少也能自保。

他当然不会带上自己的佩剑，因为那把剑里藏着一只傻乎乎的狐狸，是他寒夜里唯一的慰藉。

弄丢了就再也不会有了。

他此番下山便是与太子合谋逼宫，以谋反为代价，把剑刃对向了自己昔日效忠的君王和同门。所幸倒戈向他们这一方的占多数，但依旧免除不了血腥残杀，这是皇位更迭的必经之路，古往今来任何一任君主都离不开血肉奠基的登基石。

许息才不信他，这个人最擅长的就是说瞎话，只问："我怎么救你？"

沈琯身上到处都是伤，刀伤、箭伤，最深的一处横贯整个后背，玄衣下不断渗出鲜血来，浸透了布料。

许息抱着他发抖，脑海里突然有白光闪过。

"沈琯……"他努力使自己看上去可靠一些，"你把我吃掉吧。"

沈琯疲惫的目光罩着他，很温柔地笑了。他很想摸摸他的脑袋，然而没有多余的力气，只好偏头磕了许息一下："怕成这样了，还想

呢？"

许息知道自己的退缩和犹豫被看穿了，但他反而没了顾虑："我说真的。"

"怎么吃，咬你一口吗？"沈琂偏头靠着他的肩膀，合上双眼，"没用，吃了你也不能长生不老，傻狐狸。"

许息这下是真的快哭了："那怎么办啊……我不要你死。"

沈琂的声音越来越沉，像是累极了："就这样陪着我就行了。"

许息很努力地把他护在自己怀里，沈琂埋头在他肩窝里昏睡过去。

沈琂睡了很久，外面下雨了。

春天的第一场雨，细密得像针脚，山林的绿一下子活过来，新芽冒出湿润的泥土，迎接新生。

许息半边身子都没了知觉，沈琂的呼吸断断续续，他一直没敢合眼。但他发现沈琂的伤开始愈合，而且速度很快，只不过过程大概不好熬，沈琂一直皱着眉，鼻息都是滚烫的。

直至雨停，晨曦再一次刺破云层洒向地面，沈琂的脑袋才往下滑了一点，他揉着脖子醒来。

"我回来之前服了丹药。"他慢悠悠地解释道。

许息很不想理他："你又骗我。"

"小息。"沈琂突然唤道。

"怎么了？"

"你对我说过的话还算数吗？"

"哪句话？"

沈琂不说话，许息只能转着困顿的脑子使劲想，半晌才猜到一个：

"我想陪着你？"

"好。"沈珰终于笑了。

春雨初至，沉睡在种皮下的幼芽被迟迟唤醒，水雾翻覆着涌入窗纸，润湿初春的梦。

昭子雪

师无迹

如故剑心

文 琉璃王冠

爱剑成痴的偏执剑修 × 我不做人了话痨忠犬剑魂

"我不相信任何人，也不会有朋友。"他对自己说，
"但是为了我的剑，要我做什么都可以。"

如故剑心

文 ▶ 琉璃王冠

行走于梦境的妄想家。但愿你翻开这一页，会在梦中与我重逢。

零

被封印在荒明野三百多年的大魔头师无迹忽然揭棺而起，成为近期修仙界最大新闻。

壹

事实和传言有少许差距。

师无迹经脉断得一根不剩，像条被抽了线的虾仁一样，在棺材里老老实实躺了三百年。他每天除了在内心诅咒师尊早日秃头，师弟瓶颈常新，挚友和心魔共舞，师兄与草原同在之外，就只有百无聊赖地用指甲抠棺材壁。

他那些亲朋好友一向待他极好，用来封印他的棺材也坚决不怠慢，偌大一个竟全是用不掺水的寒铁稀木打造。他的指甲折了又长，长了又折，棺材壁上没有留下过一丝划痕。

仅凭他一个废人，当然是无法从棺材里爬出来的。

直到这一天，有人闯入荒明野，掀了他的棺材盖。

贰

"嘻，这么结实！劈了我老半天。"

劈棺人的声音听起来很年轻，师无迹觉得这人声音十分熟悉，洋溢着一种充满朝气的喧闹。

"我可算是找到你啦，霁光君。"那人喊着师无迹很久之前被用过的称谓，将他从棺材里拖出来，叽叽喳喳地说着话，"荒明野真是好大啊，我挖了好久土才找到你……喂，你还好吗，活着的话吱个声？"

他手一松，师无迹摔在棺材边。

他的语气有些失落："我还以为你重见天日会很高兴，至少应该一个鲤鱼打挺蹦起来，仰天大吼老子命不该绝终于回来了，之类的。"

师无迹：……

那还真是让你失望了啊。

这个人将他一路背出了荒明野，来到附近的城镇，并且住进了一家客栈。

"我叫昭子雪，霁光君肯定没听说过我。三百年前霁光君一战成名的时候，我还没出生呢。"将师无迹放在床边，昭子雪一边殷勤地铺整床榻，一边聒噪着琐事，"我听过好多你的事，找你的路上一直在想，咱俩要是碰了面，应该怎样相处……你怎么一句话都不跟我说？修界不是传说霁光君师无迹素来多言，就算无人应答也能和自己的剑唠上一天，舌灿莲花榜上他排第二，没人敢占第一吗？"

脱离了封印，师无迹感觉到自己行动的能力在慢慢恢复。他的四肢百骸逐渐重新有了知觉，嗅觉、听觉、触觉渐次复苏，虽然仍然没有修为，但他至少可以行动。唯独一双眼睛不知遭遇了什么阻滞，仍旧不见半分光明。

他张了张嘴，喉咙中似乎可以发出声音了。

"我的剑，"久未言语，他听见自己的声音冷漠沙哑，像在粗粝的砂石上磨过一样难听，"在哪里？"

叁

三百年前，"袭明剑"这个名字与其主人霁光君师无迹一样，无人不知无人不晓。

师无迹是天极门剑圣游之渺门下最得意的弟子，他是天生的剑骨，一身绝顶资质令门内师长都惊叹艳羡，皆称年轻一辈没有比他更适合做剑修的料子。

而对于一个剑修来说，最重要的，就是他的剑。

每一个剑修，在第一次握住剑柄的那一刻起，就会知道：剑就是你的道心。纵使亲友尽叛，世事无常，唯独你手中的剑，永远不会辜负你。

师无迹在一百二十岁时进阶金丹，成为天极门有史以来最年轻的金丹修士。同年，他孤身前往圣兽林，斩杀金蛟抽来化龙骨，又游历八荒收集天河水、月中砂、无明异火，最后注以自己心头精血，锻造了他的本命剑。

剑名"袭明"，取"圣人常善救人，故无弃人，是谓袭明"之意。

这把袭明剑承载着他的道心，曾伴随他一同斩妖除魔，从异兽的利爪下捍卫凡人的城镇，荡平来犯的魔修。众人皆知袭明剑与霁光君如指与臂，形影不离。那时，只要袭明的剑光闪现在青空下，所有人便都如吃下定心丸，笃信没有这一人一剑斩不去的黑暗。

也是这把袭明剑，在师无迹众叛亲离，被人追杀之际，陪他血战到穷途末路，最终遗失在了荒明野里。

"我不知道你救出我，是想干什么。"师无迹漠然道，"但我如今修为尽失，双目失明，什么都做不了。"

昭子雪说："可你是个剑修。剑修不同于法修，纵无灵力傍身，只要剑意还在，就足以所向披靡。"

师无迹道："袭明不在。一个剑修离了他的剑，就和废人没有区别。"

昭子雪："不要这么说嘛。我很仰慕你当年的风姿，一直想和你交朋友的。"

师无迹冷冷一笑："不必巧言令色，我不交朋友。我讨厌任何人类，你最好离我远一点。"

昭子雪沉默了片刻。

"我也是一个剑修。"昭子雪忽然说道，"我的根骨很特殊，身上煞气奇重。但凡有人与我肌肤相触，就会被煞气所伤，筋骨俱裂。我一直很想要一个朋友，可是没人敢和我走得太近。"

师无迹："那与我何干？"

"只有一类人能够正常触碰我，那就是天生剑骨。"昭子雪嘟嘟囔囔，声音听起来有些委屈，"你是千年来唯一一个出世的剑骨，我找你找好久了。除了你，我还能和谁玩呀？"

师无迹："你可以再等一千年，等下一个剑骨出世。"

"等那么久，我都要闷疯啦！我只是想和你交个朋友，又没要你的命。"昭子雪愤愤道。

师无迹不为所动。

"算啦，咱俩才刚刚认识，你不跟我好也正常。不然这样吧。"昭子雪清了两下嗓子，"你很想找回你的本命剑，对吧？但是以你现在的状态，别说找剑了，生活自理都很困难。假如你答应和我做朋友，作为交换，我就帮你把袭明剑找回来，如何？"

师无迹微微愣了一下。

昭子雪："快点答应！如果你不答应我，呵，小心我……"

师无迹："哦？你要怎样。"

昭子雪震声道："小心我跪下来求你！"

师无迹：……

他无语了好一阵，才十分勉强道："成交。"

在昭子雪鹅叫一般快乐的笑声中，师无迹内心古井不波。

"我不相信任何人，也不会有朋友。"他对自己说，"但是为了我的剑，要我做什么都可以。"

伍

看得出来，昭子雪是很认真地在对待这场"交个好朋友"的游戏。他不仅将师无迹从荒明野刨了出来，还带他去药王谷看病。

药王谷一开始是拒绝的，但是架不住昭子雪的一番操作。他见到医修子弟就冲上去企图和对方友好地握手，在此起彼伏的惊叫声中，师无迹猜测，在昭子雪和对方正式握上手之前，对方的衣衫就先被他身上浓厚的煞气侵袭爆裂了。

老药王骂骂咧咧地出来了。一边批评门下弟子成何体统，一边被迫答应了替师无迹续接经脉的请求。

师无迹和昭子雪在药王谷逗留了大约三个月，凭着老药王起死回生的妙手，竟然硬生生将他寸断的经脉续了起来。虽然本命剑丢失，修为大跌，但师无迹现在至少能调用灵力了。

伤势甫一治好，他立刻就撕毁了与昭子雪的友谊协议，打算趁月黑风高潜回荒明野。谁知昭子雪的感官竟然敏锐如斯，他前脚才刚踏出院子，后脚昭子雪已经察觉，硬是抢在他出谷之前将他拦下。

"你居然忽悠我！不是答应要跟我做朋友的吗，现在又反悔？"昭子雪简直不敢相信师无迹竟然会这样对待他，"你还想不想我帮你找袭明剑啦？"

师无迹道："我先前答应你，只是因为自己单独行动困难。既然我现在身体恢复，可以独自去寻找袭明，那就不需要你了。"

昭子雪哼了一声："你自己找，你什么都看不见，怎么找？用手在荒明野上一寸寸摸过去吗？"

师无迹面无表情："不劳你费心。"

话毕，他抬腿就要绕开昭子雪，继续往前走。昭子雪见真留不住他，连忙横跨一步，拦在他面前。

昭子雪道："你在荒明野找不到你的剑。"

师无迹脚步一顿："你怎么知道？"

昭子雪抛出撒手锏："因为袭明剑在我手里。"

陆

师无迹用他黯淡的双眼，望向昭子雪的方向。

"把我的剑……"

他轻声说道，周身气势一凛，长袖无风自动。

"还给我。"

磅礴的剑意凝成一股近乎实体的威压，从头顶上重重砸下来。

"慢着！我又没说不给你。这是你的剑，我留着也没用啊！"昭子雪连忙说，"你把剑意收收，我还你就是了！"

师无迹冷冷望向他的方向。

昭子雪不情不愿地说："喏，手伸出来。"

师无迹伸出手，感觉到昭子雪走到他面前，似乎要将什么东西递进他手里，又犹豫了起来。

昭子雪狐疑问道："你不会拿到剑就跑吧。"

"不会。"我当然会，他心说。

"不行，你得答应我，"昭子雪十分警惕地说，"拿到袭明剑之后，你跟我仍然是好朋友。"

"剑给我，我们就是。"

听到对方这样说，昭子雪这才松开手。

沉甸甸的剑柄落入师无迹手中，他一把紧紧握住，手腕往下一沉。剑柄熟悉的纹路硌在他掌心，冰冷，坚硬。

他轻轻抚过久违的剑身，指尖剧烈颤抖。

下一刻，他的手用力一甩，长剑飞出去，剑锋"噌"的一声没入树干中。

"昭，子，雪！"他的声音头一次染上如此暴怒的情绪，"你拿假货来糊弄我？！”

没想到他居然会是这种反应，昭子雪愣住了。

“袭明是我亲手锻造，于我如指于臂。剑长二尺五寸，重二斤八两三钱，只需要上手一掂，就能辨出真伪。”师无迹声音冷得可以结冰，“你给我这把剑重二斤八两三钱半，你怎么解释多出来这半钱？！”

昭子雪心虚道：“你都三百年没见过它了，剑会长胖也很正常啊！”

师无迹几乎被他气笑：“我还是头一次听说剑会长胖。”

“剑放久了会生锈，生锈就会变重。完全合理！”昭子雪有理有据地争辩。

师无迹：“那是凡剑。我竟不知道本命剑也会生锈？”

昭子雪语塞。

师无迹嗤笑：“昭子雪，你是不是不知道，三百年前荒明野那一战，游之渺亲手折了我的剑。袭明是一把断剑，你却拿了一把完好的剑来给我，真是蠢到家了。”

昭子雪张口结舌，无言以对。

“最重要的是，袭明有灵。它以我心头精血开刃，与我血脉相连，神魂相通。”师无迹冷然说道，“真正的袭明入我手中，立刻就会欢欣雀跃，与我神魂共鸣。你拿一把没有灵性的死剑给我，纵然外表造得再像，终究也不是袭明。”

他觉得自己真是疯了，竟然真的听信了这个来历不明的家伙的话，还在这里浪费了这么长的时间。话不投机半句多，他抬腿就要离开。

"等等，我还有话要说！"昭子雪道。

师无迹听声辨位，绕过他："再聒噪就把你砍了。"

昭子雪二话不说，将一件东西塞进他手里。

师无迹脚步再次停下。

"好吧，我承认了。刚才给你的确实不是袭明剑，我不该骗你，我道歉。"昭子雪的声音听起来委屈极了，"袭明剑确实在我手里，只是被我藏起来了，现在不在这里，我也没办法立刻把它变出来给你。"

师无迹没有任何动作。

昭子雪塞给他的，是袭明剑的剑佩，寒芯玉上的鲤鱼戏莲是他亲手刻的，更何况这枚剑佩中，还残留着他用来蕴养剑佩的灵力。

他三百年未曾出世，这枚剑佩不可能造假。

他开始在心中重新评估昭子雪话语的可信度。

"离了我，我保证你就算将整个修界掘地三尺，都不可能找到你的剑。"昭子雪负气说道，"我知道做朋友对你来说或许十分为难，那我换个条件吧，咱俩都好过一点。"

"你以朋友的身份，陪我去做五件事。这五件事做完，我立刻将袭明剑还给你。你答应吗？"昭子雪的声音在轻轻地发抖，他好像很难过。

师无迹握着剑佩，无声地思量许久。他最终轻声道："好。"

为了袭明。

他在心中这样说服自己。

要我做什么都可以。

第一件事，是在师无迹经脉养好之后，要陪昭子雪去剑挑各大门派。

昭子雪是师无迹见过的最古怪的剑修。明明御剑飞行一日可以抵达的路程，他坚持要如同凡人一般，行走或者乘坐马车赶路。按照他的说法，修仙之人一生的岁月以千万计，倘若连这十天半个月的时间都拿不出来，竟然活得比凡人还拮据，是一件很可悲的事情。

昭子雪的修为如何，师无迹始终没有试出深浅。他唯独能肯定的是，这人不比曾经的自己差太远，因为昭子雪每过一个门派，都能将对方年轻一代最强的修士打得毫无还手之力，大失颜面。

这令师无迹不禁暗中慨叹，修界真是江山代有才人出。或许昭子雪早生三百年，和他棋逢对手，能引为知己，战至酣畅淋漓也说不定。

很快，大魔头师无迹重出江湖，剑挑各大门派的消息就传遍了修界，修界一时人心惶惶。惊奇好事者、自诩伸张正义者、想立功领赏的投机者闻风蜂拥而至，无一不被昭子雪打了回去。

昭子雪对被人追杀一事毫不忧惧，甚至称得上乐此不疲。有闲暇的时候他会装作不敌，引得对方志得意满追杀千里，在对方以为将要得手之际，再忽然雄风一振，反将对方打到满地找牙，说些诸如"三十年河东，三十年河西""三年之期已到，修罗剑神归位"之类莫名其妙的话。

师无迹听得脚趾抓地，不想承认此人与自己同行。

他问昭子雪为什么要到处上门踢馆，不惮给自己树敌。

昭子雪一脸理所当然道："和道友一起挑战强者，磨砺自身，不正是剑修的精髓所在吗？'不能打败我的，只会使我变得更强，而打败我却没能杀死我的，终将会使我天下无敌！'这句剑修名言还是霁光君你当年说的呢！"

师无迹：……

昭子雪"唰"的一下竖起大拇指："没有人比我更懂剑修！"

师无迹：……

求求时间立刻、马上，倒退三百年，让他死在荒明野那场大战里。

玖

师无迹开始觉得昭子雪处处行迹都令他感到熟悉，很快他就发现，这好像不是他的错觉。

昭子雪时常语出惊人，挂在嘴边的那些狂妄好笑的话，是师无迹年少时的名言；他喜欢吃的东西和师无迹口味完全一致，甚至偏好的剑招都和师无迹是一个路子。

这种熟悉感在他提出第二件事情之时，达到了顶峰。

昭子雪要求师无迹和他做一样的打扮。

"凡人的亲兄弟从小就是穿一样的衣服。即使是在修界，关系很好的女修也会穿一样的衣裙，用配套的法器。"昭子雪说得有理有据，"咱们俩既然是好朋友，那当然应该做一样的打扮啊！这样别人一看就会知道，我们感情很好了。"

师无迹一开始不以为意，便答应了。然而在昭子雪将他一通打扮之后，他内心的怪异感越来越强烈。

他忽然问昭子雪："衣服是什么颜色的？"

"蓝色的。"昭子雪很快回答道,"霁光君过去不是最喜欢穿蓝衣吗?"

事实上剑修对穿着不讲究,修界大多流行黑白两色衣衫。师无迹喜着蓝衣算是独树一帜,仅仅是因为蓝色与袭明剑很相称。

高马尾、蓝劲衣,这就是师无迹过去最常作的打扮。

他灵光乍现:"你在模仿我?"

昭子雪嬉笑道:"霁光君终于看出来啦?"

师无迹沉默不语。

"我听说过很多霁光君的战绩,也知道许多和你有关的事情。"昭子雪叼着一根发带,一边替师无迹束发,一边含糊不清地说,"我是以霁光君的大道当作自己的目标修炼的,霁光君一直是我心目中天下第一的剑修。"

然而师无迹听见这样的话,却只感到想笑。他目不能视,却可以轻易在脑海中想象出昭子雪或许会有的样子——

这样的少年,最适合阳光灿烂的场景。他应当走在春风里,跳上阡陌田埂,像凡人那样张开双臂,大步向前走去。蓝衣的少年背着剑,温暖的阳光照透他的衣袖,乌黑的长发高束,在风中灿灿地扬起。不像仙风道骨的修士,而像人间无忧无虑的少年郎。

像极了年少时的自己。

鲜活、骄傲,充满幼稚而令人嫉妒的灿烂和透明,让人恨不得一掌将他按进泥沼里。

"不必效仿我。"师无迹声音冷淡道,"这只会让我更厌恶你。"

拾

昭子雪提出的第三件事,是一起参加一场庙会。

"我听说男修朋友之间会切磋道法，这个咱们已经做过了；而女修朋友之间联络感情的方式，就是一起去集市采买炼丹材料或者法器。"昭子雪兴致勃勃道，"我想霁光君大约对这些不感兴趣，庙会相较之下更有意思些。既然是朋友，当然应该做完朋友会一起去做的事情！"

师无迹觉得他幼稚，一言不发走在人群中。如今他灵力恢复，已经能够通过感应灵气模糊辨认出身边的物事，不至于撞到人或者走岔了路。蓝衣的俊美青年走在人流之中，面如冠玉，仙气凛然，时常引得行人回头瞧望。

昭子雪附在师无迹身旁，搭着他肩膀，一副与有荣焉的语气："霁光君，你可真受欢迎，好多人都在偷看你呢，真可惜你看不到。"

师无迹不想搭理他："无聊。"

走在人群密集的地方，为了不误伤旁人，昭子雪必须一直和师无迹保持接触，用师无迹的剑骨体质压制他身上外溢的煞气。昭子雪得以顺理成章地牵住师无迹的手，而且一直不松开，拉着师无迹在庙会摊贩的铺位之间上蹿下跳。

"霁光君，你看，这是莲花灯！"他又找到了新鲜的东西，"哇，我还是第一次见。听说将心愿写在花灯上放进河里，只要一直不沉，愿望就会实现。"

师无迹道："修道之人，还信这个？"

"嘻，管它信不信的，好玩就行了嘛。"昭子雪很期待这件事情，"我看好多人都去放了，那咱们也要！"

师无迹正想说人家两两去放花灯的，都是成对的爱侣，你瞎凑什么热闹。昭子雪已经不由分说，拉他去商贩处买了两盏花灯，兴高采烈地往上写愿望。

"我就写'霁光君和昭子雪永远是好朋友'。"昭子雪一边说，一边写着，"霁光君想写什么愿望呢？我可以代笔啊。"

师无迹道："我不必了。"

"快说！我的写了，你的也要写。"

师无迹沉思了一会儿："非要写的话，那么就写'早日寻回袭明'。"

"好的，我已经写好啦。"昭子雪说完，师无迹便听见花灯入水的声音。他还听见两声拍水声，昭子雪为了让它们漂得更远，轻轻拨动了水面。

"霁光君是真的很喜欢袭明剑啊。"昭子雪蹲在河岸边，声音带着笑意感慨道。

"那是自然。"一提到袭明，师无迹的态度也不复冷淡，脸色缓和了许多，"袭明是我亲手铸的剑，剑身每一寸我都如指掌。它亦是我的道心所在，我可以失去其他的一切，但只要袭明在手，我便所向披靡。"

"真好啊，我懂这种感觉！这就是剑修和剑之间的羁绊吧。"昭子雪兴奋道，"霁光君，再多讲一点嘛，拜托了。我就特别喜欢听这种剑主和剑之间感情深厚的故事！"

师无迹嗤笑道："你又懂了？此间种种，乃是我与袭明的默契，不足为外人道。"

"那不如这样好了，我用第四件事来换吧？"昭子雪说，"我想听你说，你和袭明剑之间的故事。"

拾壹

袭明剑出炉的那一天，无极峰上异象天生，万丈紫霞映照青山，江河千里红遍，而重云从中央裂开，仿佛被一道剑锋斩断。

很快众人便知，剑圣游之渺最得意的弟子师无迹，炼出了一把剑中蕴灵的绝世好剑。

师无迹对于袭明剑的宠爱，到了人尽皆知的地步。袭明尚在炉中锻造时，他就亲手为其雕刻了剑佩，亲手编织了剑穗上的流苏。剑造好之后，他更是片刻离不得身，走到哪儿带到哪儿，即便是睡觉都要抱着袭明剑。

这种绝对的亲密，造就了他与袭明剑之间绝对的默契。他时常感觉袭明不是一块冰冷的利铁，而是有呼吸、有温度，与他血脉相连的身体的一部分。他的修为提升飞快，道心坚定，同样也与他跟袭明的羁绊密不可分。

"还在天极门的时候，师兄曾经问我，袭明和我未来的道侣同时掉进水里，我先捞谁。"说到袭明剑，师无迹忽然就有了讲不完的话，当年那个话痨天才剑修的影子似乎在他身上复苏，"我说开玩笑，袭明脱手只有一种情况，那就是我人快死了。都到了这种地步，还谈得上去救谁？"

"于是师兄就说，那你还找什么道侣啊，和你的剑搭伙过日子得了！"

他说到这里，昭子雪也跟着发出一阵快活的笑声。

"我和袭明第一次游历，是去沉日峡。那里是离魔渊最近的秘境，很多新出山门的弟子都折在了那里。那时候我才金丹初期，但是当我站在山崖上往下望的时候，一点都不觉得害怕。"师无迹说，"因为袭明在我手中颤动，我能感觉到它渴望饮血。就像剑修属于战场一样，剑永远向往厮杀，它的情绪感染着我。我当即便知道，无所畏惧亦无所挂碍，这就是我的剑心。"

那一战打得属实狼狈，他差点被魔修大能斩断了持剑的右手。

当时，是袭明奋不顾身，脱手而出，将魔修的法器斩断，这才替他争得一线转机。作为代价，袭明剑身上留下了一道一寸长的伤痕。

"我的每一场战斗、每一次切磋，都是袭明陪我度过的。它就是我的命，我的半身，我寄托了自己大道的身外脊骨。"

师无迹说到这里，表情十分柔和，五指虚握，仿佛袭明的剑柄仍在他手中。

"除了袭明之外，我不会再拿起任何一柄剑，否则就是对袭明的背叛。同样地，袭明也只忠于我，它不会容许任何除我之外的人握住它的剑柄，否则就会用煞气将企图染指它的人撕碎……

"可是我把它弄丢了。"

拾贰

故事讲到这里，师无迹脸色骤然严肃，不愿再多说下去："应承你的五件事情，我已经完成了四件，剩下最后一件你好好掂量。五件事做完，立刻把袭明还给我，否则我必追杀你到天涯海角，直到将你碎尸万段。"

昭子雪失望道："可是你的故事都还没有讲完。"

"那件事，你不是已经知道了吗。三百年前，我在荒明野屠杀了宗门百余弟子，最终引来剑圣游之渺亲自追杀，折弃袭明，将我钉在棺中。"师无迹面无表情道，"还是那句话，想交朋友，你找错人了。我就是这样一个十恶不赦、没心没肺的魔头。"

昭子雪默然半晌，道："你真的变了很多，从前你不是这样的。"

师无迹："笑话，说得好像你过去认识我。"

"我所知道的师无迹，是很坚毅积极的人。"昭子雪低声缓缓说道，

"他对同门很好，经常无偿指点师兄弟的剑招，即使因为拆穿了别人的短处被追着打，也改不掉多嘴的毛病。他喜欢晒太阳，也喜欢抱剑观花，对每一滴落下屋檐的雨水都很感兴趣。

"他用尽全力爱这世间的一切，对风起风落、云卷云舒都怀抱欣悦。他说过他不惧怕任何挫折，也从不担忧被辜负。因为他手中有剑，心有锐意，足以斩破云霄，扫荡世间不平的一切。

"无论世人如何评论他，他永远是我心中天下第一的剑修。"

"你口中所说的，是一个圣人，不是师无迹！"师无迹厉声打断了他的话，"师无迹修道，但他也是一个有血有肉的人！没有任何一个人能在被最信任的挚友辜负，被最依赖的师兄污蔑，被最宠爱的师弟背叛，被最尊敬的师尊打落尘埃，夺去最重要的东西之后仍然心无芥蒂，说这都没关系！

"我被钉在暗无天日的棺中三百年，唯一学会的一件事，就是人皆善变。所谓的大道三千，就是各人有各人的道，由是而生的心念繁杂如线，瞬息万变。道不同，不相为谋。纵然事无对错，人们也都将为了走向他们自己道途的终点，旋誓旋叛，将不与他们同路之人推下深渊！

"人有心，所以道途不同，想法会变。因此，我不会接受，也不会信任任何一个人类。我是一个剑修，和我道途合一、永不背离的，只有我的剑；我信任的，也只有手中的剑！"

说到这里，师无迹呼吸急促，他动用灵力压下自己激荡的呼吸，竭力平稳道："所以你明白了，我是无法和人成为朋友的。我应承你以朋友的身份做五件事，也仅仅是为了袭明。

"倘若你将袭明送还我手中，我将不胜感激。事后你想要财侣法地，我能给得起的，都随你提。但是唯独友情，这件事情，抱歉，不行。"

昭子雪一直安静地听他说完，最终长长舒了一口气。

"我明白了。"昭子雪闷闷地说道，"那么，我向你提出最后一件事情吧。最后一件事情完成，我便将你的袭明剑，送还给你。"

时隔三百年，师无迹终于再次登上了天极门的主峰。

他在这座宗门中出生，成长，度过数百年的鲜衣怒马的少年时光。以他对天极门的熟悉，从站在山脚下那一刻起，纵然目不能视，也可以无须旁人牵引，径直走上峰顶主殿。

峰顶已有许多人在那里等他，他看不见这些人的相貌，但无碍于从熟悉的灵力涌动中辨认出他们的身份。

他的挚友，宿星殊。

他的师兄，游岸青。

他的师弟，乔小沅。

他的师尊，游之渺。

"最后一件事——我曾听说霁光君师无迹持剑战斗的风姿举世无双，令人折服，我心中也向往许久。"昭子雪说道，"我最大的心愿，就是想亲眼看一次霁光君剑挑诸天。"

依照昭子雪的要求，他给天极门下了战书，登上天极峰，将会在主殿之前单挑天极门年轻一辈最强的三人，以及剑圣游之渺。师无迹不知为何昭子雪会指名要他与这四人交手，但他心中确实长结一口郁气，不舒不快。

首先站出来的是宿星殊。

师无迹无神的双目望向他。宿星殊出自天极门河洛峰下，窥天

问玄是一把好手。师无迹铸剑的时候，他曾经替师无迹卜算过最适宜的铸材出处，助他良多。师无迹经常和他一起喝酒论道，在兴头上时曾开玩笑，说他是袭明剑的亚父。

三百年前，也是宿星殊最早卜出荒明野秘境中有魔息异动。师无迹受命带领数十名天极门弟子前往荒明野探查异常，与其同往的还有另外上百名其他宗门的弟子。

谁知那道魔息竟在荒明野生出了某种变异，变异后的魔息可以侵蚀人的道心，很快便有意志力稍微薄弱的弟子沦陷，变成妖魔，与同道刀戈相向。最可怕的是，魔息会传染。只要被这些修士变成的妖魔伤到，受伤者也会沦为妖魔。师无迹为了保护剩下的人，当机立断，将沦为妖魔的修士全部斩杀。

而后，援兵才仓促来迟。在师无迹被要求自证清白，不是故意杀伤道友之时，宿星殊祭出他的本命法器溯缘镜，倒映出师无迹大肆屠杀的模样，反而坐实了他残害同道的罪名。

宿星殊说：“天极门的剑池中有三千仙剑，你要论战，可去择来一柄。”

“不必。”

师无迹说罢，上前几步，从垂柳上折下一根两尺余长的枝条。

“我只有袭明一把剑。无论什么情境下，我都不会执起袭明以外的剑柄。”师无迹道，“对付你，如此足矣。”

“请。”

拾肆

宿星殊不善战事，师无迹的获胜毫无悬念。

下一个走到师无迹面前的，是他的嫡系师兄，游岸青。游岸青用复杂的眼神看着他，叹息道："当年之事，你我皆有过错。"

若要问天极门年轻一辈中，与师无迹关系最好的人是谁，答案必然是游岸青无疑。游岸青是师无迹的师父游之渺的独子，亦是剑圣首徒，游之渺闭关修炼或者外出云游时，他主动担起责任，照料师弟师妹们。师无迹一向视他如父兄，无论什么心事，都愿意与他分享。

那次前往荒明野，除了师无迹，游岸青和他出身鳞羽集的准道侣段红羽也在同行修士之列。路途上师无迹大声笑喊段红羽师嫂，还曾引来段红羽长鞭追打，一路鸡飞狗跳。

可谁都没有料到，魔息外泄，段红羽是第一批被侵蚀的修士。

纵然昔日亲密的同僚被魔息腐蚀得不成模样，师无迹和游岸青依旧不忍刀剑相向。直到逃至退无可退，游岸青仍不愿对意中人出手。段红羽保持着为人时仅存的理智，哭喊着让游岸青杀了她，游岸青道心崩溃，对师无迹说，师弟对不起，我做不到，让我和她死在一起吧。

师无迹眼中含泪，提起了剑，抢在段红羽利爪伸向游岸青之前，将她一剑两断。游岸青张口无言，愣在原地半晌，浑身剧震，最终抓住师无迹的衣襟。

"她是你师嫂！"游岸青咆哮，"你怎么能杀她，她教过你、帮过你、救过你的命！你怎么能杀她啊？！"

当前来援救的修士姗姗来迟，见到倒提袭明剑，站在尸山血海中的师无迹时，幸存者中游岸青最先站了出来，走到他对面。"是师无迹，"游岸青用满怀仇恨的目光望着师无迹，为他的罪行作证，"他杀死了所有人。"

思绪回到当下。死去的人白骨皆已风化，断裂的情谊同样早就湮没在漫长的时间中。师无迹嘴唇微动，道："不必多言。你不能释怀我杀死段红羽，我同样永不原谅你对我的构陷。

"今日一战之后，前尘恩怨尽断，你我之间瓜葛两清。

"拔剑，游岸青。"

拾伍

自从段红羽死后，游岸青道心大损，如今竟也不是师无迹的对手，被他轻易击落台下。

紧随其后，是师无迹的师弟，乔小沅。

比起剑法，乔小沅更擅长的是符阵之术。他紧张地捏着符纸，师无迹远远能听见符纸在他手中沙沙作响的声音。

乔小沅是师无迹第一次游历时捡回师门的。他的父母在妖魔的袭击中丧生，师无迹将他带回门派，当作亲弟弟一样教养。发现乔小沅的符阵天赋之后，他狩猎妖魔挣取的赏金，大部分都砸进了这个无底洞中。

那时师无迹所不知道的是，乔小沅这一手出神入化的本领，竟然会用在他身上。

有游岸青与宿星殊双重作证，所有人都笃信师无迹也被魔息入侵，狂性大发，才杀死了同行的修士。在游之渺的命令下，乔小沅布阵将他困住，使他难以逃脱，最终被游之渺击落在荒明野中，一寸寸打断经脉剑骨。

那个将他困在棺材中三百年，使他无法汲取灵力、无法逃脱，又让他不能彻底死去，几乎将他逼疯的阵法，也同样出自乔小沅之手。

"你不能违抗师命，我不怪你。"师无迹对乔小沅说，"但你既已做出选择，我们从此便是陌路之人了。"

拾陆

与三名弟子的切磋仅仅是开胃小菜。真正的重头戏，是师无迹与游之渺师徒之间这一战。这一战才真正称得上是万众瞩目，所有人都屏息凝视，紧张地盯着这对从前上慈下孝、情深义重的模范师徒。

"天极剑圣，我今天仍旧，也是最后一次，称你一声师尊。"师无迹以门徒身份，向游之渺行了隆重的叩跪之礼，"当年事出有因，我可以理解大家惮我被魔息感染，轻易离开荒明野，或许会将魔息散播出去造成无法挽回的恶果。无论是审查我的言行，还是将我囚困起来，甚至废除我的修为我都毫无怨言。

"可是您唯独不该，夺走我的剑。"

师无迹被指认为感染魔息之后，游之渺作为他的师尊，当有义务肃整门风。他第一时间赶到荒明野，在得知师无迹将所有同行的修士几乎屠杀殆尽后，下令将他监禁起来，依罪论处。

师无迹一开始并没有反抗，直到他被要求交出袭明剑。

"师父，您可以不信我，罚我，让我做什么都行！"他哭着哀求游之渺，"我什么都可以听您的，但是我不能离开袭明！袭明是我的骨，我的血，您要让袭明离开我身边，那和杀了我有什么区别？！

"袭明承载着我的道心，不信您看啊，我的道心从来没有变过！我没有被魔息污染！

"求求您了，把袭明留给我吧！"

他对本命剑不肯放手，成了他仍然心存歹意、时刻准备反击的

铁证。不得已他只能带着袭明逃出重围，在万众追杀之下，逃向荒明野深处。

他刚经过一番鏖战，身负重伤，很快就被游之渺追上。游之渺当着他的面夺走了袭明，袭明不愿被师无迹以外的人触碰，剑气暴烈，竟然刺伤了游之渺。游之渺一怒之下，当着师无迹的面，将袭明剑从中折断。

断裂的剑身像两片废铁，叮当落在师无迹面前。

肌骨俱裂之痛，魔息侵伤之痛，脏腑破损之痛，于这一刻，皆失去知觉。

他的袭明没了。他视如兄弟手足，血脉相连、魂魄相依的袭明，唯一不会怀疑背叛他的袭明，蕴藉着他剑心的袭明……

他的大道，他的袭明。

师无迹像疯了一样，想要夺回袭明的断剑，最终被游之渺刺伤双目，又一寸寸打断经脉，彻底无法动弹。或许是顾念往日情谊，游之渺没有杀死他，只是将他钉在棺材里，镇压在荒明野深处。

"您没有杀我，但袭明剑断的那一刻，师无迹已经死了。"师无迹冷声道。

游之渺没有对此做任何辩解。师无迹手中没有持剑，他的剑也不会出鞘，他轻轻招手，一根柳枝折来，落在掌中。

师无迹道："弟子不孝，请赐教。"

拾柒

这一战打得昏天黑地。

纵然交手二人只持柳枝，仍旧剑气纵横无匹，无数旁观子弟被误伤。最后师无迹竭尽全力的一剑，硬是将天极峰硬生生劈作两半，二人才堪堪战成平手。

此战之后，师无迹重伤，被游岸青领回去救治。

"不愧是我仰慕的霁光君。即使耽误了三百年，在剑招比拼上仍然能和剑圣战成平手啊。"昭子雪乐呵呵地坐在床边晃腿，"这就是传说中的青出于蓝而胜于蓝吗？这一战够我回味好久了！"

"袭明。"然而师无迹只执着于这一件事，"你答应我的，还我袭明。"

"答应霁光君的事情，我当然不会食言啦。"昭子雪说，"但是我还想问最后一个问题。霁光君，咱们同行了这么久，你有没有哪怕一刻，觉得有我这个朋友也不错？"

师无迹沉默良久，最终道："抱歉。"

昭子雪很好。他说话的声音，做事的方式，对万事万物的见解，都太像年少时的师无迹。师无迹每每和他在一起，就会想起那些美好的过去。他会想起自己是怎样毫不保留地相信亲友同门，想起自己因为一场简单的剑技比试获胜而大笑，想起那时他仗剑游走四方时，袭明剑柄握在手中的温度。

也想起他自己的一无所知，连手中之剑都保护不了的幼稚和脆弱。

他希望昭子雪可以一直保持现在的样子，不要改变。但是心中又很清楚地知道，随着遇到的事越来越多，抉择和磋磨层垒叠加，终究会将无忧无虑的少年压垮，变成他这副千疮百孔的样子。

假如他还能重新执起剑，他愿意守护像昭子雪这样的少年不被风霜改变，但两个彼此独立的人之间，关系变得太密切，迟早会带来分歧和伤害。

"好的，我明白啦。"昭子雪的声音稍微有一点点的落寞，"我现在去取剑，这就将袭明还给你。"

他从床沿跳下去，走到门边。之后很长一段时间，师无迹都没有听见他离开的脚步声。

他好像是站在门边，回头看着师无迹，看了很久很久。

拾捌

昭子雪离开之后，游岸青进来了。昔日的师兄弟，在决裂之后重新会面，气氛多少显得有些尴尬。

"药王谷妙手回天，你的经脉已经全部养好了。"游岸青终于打破了沉默，"双眼仍旧目不能视，是心病所致。人以目视万物，修者以道心窥道，你的剑心一日不在，双眼便一日不能复明。"

师无迹道："我早有预料。"

游岸青继续说："师父对外宣布的是，你已经出师。此后虽不再有天极门弟子的身份，但仍享有嫡传弟子待遇。你不想待在宗门也行，但你回来的时候，仍然可以把这里当成是自己家。"

师无迹道："我还以为天极门没派人追杀我，已经是仁至义尽。"

"宗门之内，其实没有人是这样看你的。"游岸青道，"这么多年，我已经想通了，当年那样对你，我一直很愧疚，倘若有什么我能偿还的，我也会竭力去做。"

三百年来，他时刻未曾忘记，自己最终在荒明野中见到师无迹时的场景。曾经的天之骄子双目失明，骨骼断裂，一身血污地在泥泞中爬行。众多围追者将他困在中央，沉默地看着他用血肉模糊的双手在尸山里摸索，一边寻找，一边用沙哑的声音问："我的剑呢？

"袭明呢？

"我的剑在哪里？"

"我知道你对我们心怀怨恨，否则也不会劈了棺材跑出来，第一件事就是孤身游历，上门挑战了所有当年参与过追捕的门派。"游岸青说，"那些门派即使有所微词，也都已经被师父摆平，你大可不必担心他们还会来找你麻烦。"

　　"等等，孤身？"师无迹道，"那件事不是我做的，上门挑战的人是昭子雪。"

　　游岸青语气困惑："昭子雪？那是谁？"

　　"就是那个和我一起上天极峰的剑修少年，和我一样穿着蓝衣，大概这么高，"师无迹比画了一下印象中昭子雪的身高，"他刚刚才出门去，你没有遇到他吗？"

　　游岸青说："我不懂你在说什么，你不是独自一人回的宗门吗？"

　　他的迷茫不似作假，师无迹心中升起强烈的违和感。假如说挑战各大门派时只有他一个人去了，回宗门也是他独自上的山。那么昭子雪呢？其他人都看不见他吗？

　　昭子雪……到底是谁？！

　　"啊，我知道了。你说的该不会是那个吧？"游岸青恍然道，"那件事我们都觉得很玄奇，所以没有当回事，没想到竟然是真的？"

　　师无迹道："什么事？"

　　"当年师父折断了你的袭明剑，将你钉入棺中，实际上也是迫不得已。"游岸青道，"一来当时你的模样太疯，实在是像极了被魔息侵蚀的样子；二来你杀了那么多的仙门子弟，无论事出何因，他都得给众门派的长辈一个交代。"

　　"事实上他事后也觉得很对不起你，所以将袭明的断剑带回了门派，重铸续上了……据他所说，袭明被你滋养了许久，灵性极强，重铸之后竟然生出了剑魂。但是剑魂的模样只有剑主和铸剑师才能看见，我们都看不到，师父又对此事绝口不提，因此大家也就没当回事。

"话又说回来，师父说重铸之后的袭明比原先重了半钱。不知道你用起来，是不是会不趁手？"

师无迹脸色大变，顾不上一身伤痛，从床上跳下来。

游岸青连忙问他："你去哪里？！"

"去找昭……不对，"他刚想说找昭子雪，忽然想起旁人看不见剑魂的模样，问了也没用，立刻改口道，"你师父现在在哪里？！"

拾玖

师无迹最终在后山符阵堂找到了游之渺。

游之渺正在符阵堂门口护法，符阵堂外的门廊上，属于乔小沅的、熟悉的灵力涌动不已。师无迹冲到符阵堂门前，气喘吁吁，全然忘记自己是个会用御风法术的修士，狼狈地朝游之渺大喊："他是不是在里面？！"

游之渺道："小沅正在里面布置以灵补剑的阵法，你现在进去，打扰他布阵，会发生什么后果难以预料。"

师无迹正要说话，却听符阵堂中，传来熟悉轻快的声音："无妨，让他进来吧。"

符阵堂大门应声敞开，师无迹迫不及待地跨进堂中。那熟悉的、凛冽的，与他灵气呼吸相映的剑意正在堂中涌动，随着他的接近，一股宏大熟悉的力量涌入他身体中，势如破竹，击碎了他经脉与识海中因为剑心缺失而积生的桎梏。

宛如天窗启缝，一缕光芒映照入他漆黑已久的视野中。

他望见灵气涌动的阵法中央，绚烂的光在剑气之间交纵。悬浮在光华流转中的少年背对着他，身躯半透明，和一把长剑的影子交叠在一起。

昭子雪缓缓转身。

这一刹那，像是溯缘镜中照出的倒影，师无迹望见了年少的自己。那个性格张扬、开朗多话的少年，穿着蓝衣背着剑，嚣张地大笑着，跑过漫山遍野。他是剑刃上永不退缩的锋芒，是怀柔风花月露的慈悲，亦如无价的琉璃盏，清澈透明，却能将一束照入水中的日光解离成斑斓的七彩。

"霁光君，我知道你现在不喜欢人类，我也不会勉强你啦。"昭子雪笑道，"好可惜，本来以为你见到我化形，应该会很高兴的。当年你天天抱着我说，要是我能变成人形就好了。我和你同道同心，一定会成为你最好的朋友，最亲密的兄弟。"

"但是……你说得挺对的，剑有了魂灵，就会变得很像人类了，会有自己的心念，有想要做的事，对事情的看法或许也会产生分歧。我想了很久，觉得宁可不要有这么多的杂念，也不愿和你心生隔阂。"

师无迹扑上前去，向他伸出手，但是被庇护阵法的结界阻拦。

"不，等等，"师无迹徒劳地敲打着坚不可摧的结界，"袭明……昭子雪！你给我住手！"

"袭明剑是你的道，会一直陪在你身边。"昭子雪朝他微笑，"师无迹的剑心一直都在，从未更改。现在，我将你的剑心，还有曾经纯粹无瑕的袭明剑，都还给你。

"但愿从今以往，袭明剑还是袭明剑，师无迹还是霁光君。"

昭子雪透光的身形像一丛萤火虫，崩散在流光溢彩的大阵里，最终融入袭明剑的剑身。

阵法结束，结界消退。师无迹冲进阵中，一把铮亮的长剑从天而降，落在他手上。剑长二尺五寸，重二斤八两三钱，半钱不多，半钱不少。剑身通体无瑕，恰如昔日他刚刚炼成灵剑之际，将其从剑炉中取出，一泓锋芒崭新雪亮。

仿佛从未断裂，亦不曾与他分离。

他跪坐在地，袭明剑横在他膝头，因为与剑主在一起而发出亲昵欢欣的嗡鸣。师无迹用颤抖的手指，一寸寸抚摸过他久违的剑身。他最终抱着长剑，放声大笑，两行血泪却落下来，砸在袭明剑的锋刃上。

他竟不知道，他究竟是找回了袭明，还是失去了袭明。

贰拾

直到许多年以后，师无迹和游之渺在天极峰上的一战，仍然为众人津津乐道。

有人说这魔头太过嚣张，叛出师门便罢，还要回门挑衅；也有人说当年荒明野之战另有隐情，师无迹蒙冤百年，当然要以剑证道，为自己的冤情昭雪。众说纷纭，师无迹一时间竟然成为修界的风云人物，许多年轻剑修渴望有他那样的修为气魄，纷纷穿起了蓝衣。

不仅如此，他们还学起了那个传说中的剑痴的言行举动，开始对着自己的佩剑自言自语，经常说些幼稚嚣张的话。当然结果往往是挑衅到不该招惹的人，又没有师无迹那种横行霸道的实力，被揍得满地乱爬。

庙会河岸卖花灯的老板光今天一天，就见到过不下十个蓝衣负剑的少年剑修路过，气焰一个比一个狂傲，下巴几乎翘到天上去。

他旁边卖糖画的商贩用胳膊肘捅捅他，问："哎，听说你当年是见过霁光君真身一面的，你觉得今天路过的这么多剑修，哪个和当年的霁光君最像？"

花灯老板想了想，朝河边努努嘴："正在放花灯的那个最像。"

"为啥？"

"他对剑说的话最多。"

"哈哈哈哈，就这？"

"是啊，霁光君爱剑，不是出了名的嘛。"花灯老板一边折河灯花瓣，一边说，"不过他应当不是吧，霁光君的佩剑叫袭明，但我听这个剑修喊他的剑，叫的不是这个名字。"

"这样啊，那他的剑叫什么？"

"昭子雪。"

定光

阿壹

逐光

文 梦小夜

背负罪孽的向善杀手×落入凡尘的端方神祇

在他的心里，开始有了一个小小的期待。

期待着，一个生命的到来，而不是消逝。

逐光

文 ❧ 梦小夜

宇宙级邪门插话师：

我对杜卡迪说甜心你好让我骑一下，可是它让我滚。

新浪微博@梦小夜—绝对靠谱

据《古今刀剑录》所载，殷太甲在位三十二年，以四年岁次甲子铸一剑，长二尺，因其剑身可凝日月辉光，故文曰"定光"。

壹

定光的剑灵现世没多久，还是小孩子的模样，安顺地伏在太甲膝头。

太甲道："剑者，是夺人性命的凶器，也是保护家国的利刃。若为大义而杀，剑则为浩然正气，可斩世间奸邪；若为私利而杀，剑则为凡俗蠢物，剑锋过处尽是无穷杀孽。"

说着，太甲伸手轻轻摸着定光的鬓发，定光抬眼去看，恰好与太甲的目光撞在一起。

这孩子的眼睛清澈美好，可身上却是冷的。

太甲略叹息着，又道："你是百年罕见的利刃，你要做那把为家为国的护世之剑。我这一生做过许多错事，除了你，我再没有什么能留给这世间……"

定光抬着头，眨眨眼睛，道："你说的，我都不明白。"

太甲笑笑："你还小呢，等你长大了，自然会明白。"

定光懵懵懂懂的，又趴了下去。

次年，太甲崩逝，传定光于沃丁，奉为传国之剑。

贰

阿壹是个杀手。

大概属于有点名气但没什么人气的那种。究其原因，主要应该是瞎，没人相信一个瞎子能做好杀人这种技术活。至于有点名气，大约是因为便宜，一个人头二十两，会功夫的话要贵一些，三十两。

而且因为看不见，他只负责杀人，不负责善后。

捡到定光时，阿壹刚结束了他的工作，地上横七竖八倒着一堆尸体，无不是一刀封喉，干净利落。此刻阿壹正在绞尽脑汁地计算着，这次一共杀了七个，其中两个会功夫，之前金主给了二十两定金，回头结账的时候他应该再收多少钱。

他忽然感觉到身后有动静，握紧他的双刀迅速起身。

那感觉很奇怪。他感觉不到活人的生气，也没有任何杀气，无法形容，仿佛只是天地间的一缕风、一捧雪，自然而然，却力蕴千钧。硬要说的话，有点像剑气。但在阿壹浅薄的认知里，他没见过这样的剑，也无法想象什么样的人才能拿起这样的剑。

他只知道，如果真的是剑，那这一定是把旷古烁今的宝剑。

阿壹光脚坐在门槛上，只披着件外衣，跟路过的小贩买豆腐脑

来吃。他递钱和碗过去时，额外要求了多放辣子。小贩跟他大约是认识，不光把碗塞进他手里，还多送了几瓣大蒜。

他坐在门框上稀里呼噜地吃着豆腐脑，一边吃，一边含混不清地问："你跟着我到底要干吗？"

那把旷古烁今的宝剑被丢在结着蜘蛛网的灶台旁边，而剑灵定光盘坐在落灰的灶台上，一旁漏底的大锅里趴着一只巴掌大的耗子，正认真地跟定光对视。

他上次见到活的耗子还是几百年前的事……

半晌，定光收回看老鼠的目光，随意道："等下一个藏剑之人杀了你，带我走。"

"杀了我？"阿壹仰头喝完最后一点汤，把碗丢在一旁，大声嗤笑，"那你等着吧。"

吃完饭，阿壹拎起水桶去巷道尽头的井里打水。

他的住处位于城郊的贫民窟，即山脚下的一排规格相似的茅檐平房中。半山腰处有一间寺庙，住在这的人大多数就靠着寺庙的布施活着。阿壹有自己的营生，平日里不用蹭寺庙的粮食，但明显日子过得也不怎么样。

定光从灶台上下来，倚在门口看着他。

他踩着木屐晃悠悠地走在路上，遇到正面过来的行人时也会避让，行动间一切如常，丝毫看不出是个瞎子。不多时，他提着装满水的桶回来，先是把头埋进桶里灌了几大口，接着掬起一捧水来洗脸，顺便抹了把头发，随后将之前染血的衣物丢进桶里洗。

定光认真地观察瞎子洗衣服，看了一会儿才问道："你只靠做刺客过活吗？"

阿壹道："我不会干别的，只会杀人。"

"原来如此。"

阿壹则觉得定光有点烦人。

剑魂的说法对于阿壹来说都过于玄幻。在他的认知里，剑魂之类的东西应该归类到"鬼"的范围里去，而他是不相信这世上有"鬼"存在的。如果真的有，那么来找他索命的冤魂应该已经排到护城河去了，故而定光的存在……随便是什么吧。他本就不擅长思考，只要还能挥刀就够了。

师父说，做人不要想太多，想得多了，烦恼也就多了。

洗衣服的时候，有几个附近新来的流氓来收保护费。糟蹋完前面几家，来到阿壹门前时，只看见一个瘦小的瞎子坐在门框上洗衣服，可怜巴巴的。为首的流氓抬脚就把阿壹踹了个趔趄，让他把家里的钱交出来，否则就怎么怎么样，嚣张得不得了。

阿壹拍拍被踹的胳膊，站起来，略略伏低身体，字正腔圆道："滚。"

为首的流氓一听，声音又高了一倍，大声嚷嚷道："你再说一遍试试？"

阿壹冲着那人面门就是一拳。

"就说了，怎么了？"

那人连带其同伴全怒了，声音都变了调，声色俱厉地抽刀："你……你不要命了！"

阿壹摇摇头："我不要命也不是一天两天了。"

说着，轰轰烈烈地上前打起来了。

那些流氓带着家伙，阿壹空手到底落在下风。于是他一边打，一边退进屋里，抽空蹲下身在地上摸自己的刀，可一时间他也忘了把刀扔到哪了，摸索几下，只摸到了定光的剑柄。

流氓没给他选武器的时间，见他要拿家伙，挥刀就砍。

阿壹是个瞎子，看不见任何实体的东西，但他比一般人都更能清楚地感知到声音、气味和空气中传来的任何细微震动，在对方的刀挥出的顷刻间，他就知道这一刀的方向、力道，接着迅速判断如何招架反击，一击即中。

他没有眼睛，但他也不需要眼睛。

手边只有定光，容不得他多想，只见他握紧剑柄，却在使力的瞬间仿佛被剑拽住，差点摔倒——他竟拔不出这把剑！

他无数次与死亡擦肩，眼下无暇思考，身体只能凭过往的经验下意识做出反应。剑拔不出来，他就将剑身竖提起来，杵在地上借力，在对方的刀将要落在他身上时旋身一记后踢，直接把那人踹进对门的空屋里。

这一脚阿壹使了十足的力气，那人大约是被踹出了内伤，躺在地上抽搐着吐了几大口血。

见这阵仗，其他的流氓也不敢妄动了。

阿壹丢开剑，终于在旁边摸到了自己的刀，握在手里，来到门前，问："还打吗？"

他的刀还没擦，刃上留着上次的血。

一伙流氓平日里只敢欺负欺负周围的老百姓，哪遇到过这种等级的恶人。他们搀扶起对门的伤员，放了点狠话撒腿跑了。

听着流氓跑远，阿壹才丢下刀，坐回门框上继续洗衣服。

半晌，他闷闷地问道："那剑拔不出来，是你搞的鬼吗？"

阿壹打架的时候，定光正坐在灶台上养神，听着那稀里哗啦的动静，心烦得很。

他睁开眼，道："你刚才的杀气惊人……如果让你拔出剑，那些人都会死。"

刚才那个瞬间实在惊险，哪怕是阿壹也多少有点冒汗，听见定光这样说，他不免上火，冲口呛道："如果不是我反应快，那死的就是我。"

"你有本事躲他的刀，但他们没本事躲你的剑。"定光口气冷淡，一边说，还一边伸手逗耗子，那轻描淡写的态度让人格外不爽，"定光剑出鞘，一为护国，二为护生，不是让你拿着逞凶斗狠乱杀人的。"

阿壹气得上头："你有病吧，说那些屁话谁听得懂？我瞎你也瞎？是他们要杀我。"

四周的邻居和路人看着阿壹坐在门框上自言自语，说着说着还上起火来了，纷纷指指点点。定光知道路人看不见他，但依然觉得在这种地方跟这种人呛火吵架简直掉价，索性也不言语了。

阿壹闷着火，洗完衣服就要把剑拿去当了。

定光一路沉默着跟他走，没什么表示。

定光自有他的威严气魄，自然不会真的去跟个市井杀手上纲上线地计较什么。

只不过，阿壹恰好是他最看不上的那种人。

时移世易，千年流转，定光早已不是当年那个伏在太甲膝头的孩子。他依从太甲所愿，当仁不让，当世不避，当杀则杀，当恕则恕。定光是剑，说没杀过人是不可能的，他杀过的人恐怕比阿壹吃过的饭还多。

那些年战祸四起，赤焰焚空，定光剑锋过处尽是成片的尸山血海，鲜血渗进剑身沤出的铜花几百年都没能彻底擦去。人的性命真的很脆弱，有的人不知道在哪儿磕了一下，当场就死了；人的性命却也很高贵，能在不过转瞬的几十年中，留下惠泽后世千百年的残篇。

事实上，定光对人的生死看得很淡。

看得淡，但不轻视，这是定光的态度。

死亡是人一生最终的归处。运气好一些的，没病没灾地活个七八十年，寿终正寝；运气差一些的，因各种乱七八糟的理由枉死在途中。

生老病死，天道昭昭，这本身就是一个值得抱以敬意的轮回。

故而对于阿壹这种手痒就直接杀人的行为，定光是十分不屑的。不过是比别人多会几下功夫，有些身手罢了，谁给他的权力去糟践别人的性命。

定光的杀戮换来的是海晏河清，天下太平；而阿壹杀人，只能换二十两银子。

这很没道理。

当然，就算看不上，定光也的确不能把阿壹怎么样。他只是一把剑，总不能自己跳起来把人给砍死。况且，就算是阿壹这样的人，他的性命在定光那里，也依然有其自己的分量。

叁

最后阿壹也没真的把定光当了，并非因为舍不得，而是当铺的朝奉不识货，只肯出三两，多一文都没有。

阿壹觉得亏，于是作罢。

出门一趟，虽然没有当成剑，但也不好直接回家。阿壹去某家客栈结了上次杀人的账，一共一百五十两，多出来的是金主见他做活利索，格外赏他喝酒的。

拿了钱，阿壹的情绪看着好了些，拎着一兜银子去了赌场。到黄昏时，一百五十两输得就剩下了十两，阿壹正好拿来喝酒，喝到中夜，烂醉成一摊，几乎是从酒馆里爬回住处的。

刚转进家所在的巷子，阿壹扶着墙吐了一回，吐完满不在乎地抹抹嘴，察觉到前方有人正走过来。

是时，阿壹脑袋里嗡嗡作响，他隐约嗅到了一缕浅淡的香气。他想着避让开些，却没站稳，左脚绊右脚，一头磕在了旁边的墙上。

接着，响起了女人的声音。

"啊呀，您没事吧？"

阿壹没理会，扶着墙一步三晃地走了。

回到家，阿壹解下背上背着的剑随手扔在地上，接着倒头往床上一栽，躺了没一会儿，爬起来又吐了。

定光看着他抓着床沿吐得昏天黑地，不得不说，很嫌弃，又觉得悲哀。

阿壹形容瘦小。大约因为眼睛的缘故，他不爱见光，所以白得惊人，却并非天生肌肤细腻，而是毫无血色的苍白，偶尔裸露出的胳膊和腿上遍布着纵横交错的伤疤，触目惊心。头发和面容平日里也不打理，整个人看着脏兮兮的。他虽然看着年轻，但没有年轻人的朝气，简直就是要死的模样。

然而，他这可悲的一生，轻飘飘的，活着没有实处，死也死不到归处。无论活着还是死亡，都不过飞絮湮灭，蜉蝣离散，没有人知道，没有人记得。

阿壹自己都不知道自己多大，但定光觉得，一个年轻人总不至于活成这样……

等阿壹吐完，定光忍不住开口："你……"可话到嘴边，又不知道要说什么了。

"眼睛……你的眼睛是怎么弄的？是被人……"

阿壹打了个泛酸的酒嗝，难受地趴回去，对这个问题丝毫没有避讳的意思："不，是小时候被我师父拿药熏瞎的。"

"你师父？"

"嗯。一个老不死的……捡了九个我这样的小孩当杀手养着给他赚钱。非说什么眼睛看不见，五感才更敏锐……"说着，阿壹略停顿了一下，满不在乎地回忆道，"其实我觉得他根本就是在胡说八道，阿四和阿九瞎了以后，没多久就死了。最后活着长大的只有我和阿七。"

众生悲苦啊，众生悲苦。

定光又问："那你师父呢？"

"死了。我和阿七把他杀了，不过杀他的时候阿七也死了，现在就剩下我自己了。"

对于这样一个养大他却也毁了他的人，他提起时，态度冷漠淡然，听不出任何恩情，也没有怨恨，仿佛只是在说别人的故事。

正如善因终得善果那样，以恶浇灌培养的幼苗终究也会开出恶之花。一个老恶人，把一个孩子糟蹋成了一个小恶人。因果轮回，这个小恶人继续在世上作恶，制造出更多的惨剧和仇恨，然后喝着酒、赌着钱，混吃等死。直到他的恶果报应在自己身上，恐怕那时他也不会明白自己这一生究竟活在多么不堪的境况中。

他无法融入这世间，这世间也同样容不下他。

定光道："既然如此，现在又没人再胁迫你，你不该继续杀人，该找点正经营生做才是。"

阿壹翻了个身："什么正经营生？念书考试去当官？"说着，自

己也觉得挺有意思，还笑了笑，"我一个瞎子，除了杀人什么都不会，不做这个还能做什么。"

"这世上没多少事比瞎子杀人更难，你连人都能杀，还有什么是做不成的。"

"就算能做，我也不想做。"说了一会儿话，阿壹一时难受，倒不想睡了，索性怀抱着枕头坐起来，说，"就算做了又怎么样，像我这样的人，原本就没人拿我当人看。还不如杀人，至少被我杀掉的人，在临死前还会像怨恨一个人那样怨恨我。"

开始了……

定光最烦的就是这种话，好像受过几天苦就有了什么天大的理由，杀人造孽都是可以理解的一样。平时什么毛病都没有，能喝酒能赌钱，可一旦劝着他做点正事，马上就开始生无可恋起来，说什么"像我这样的人"云云，一副窝囊样子，简直让人看见就来气。

阿壹想了想，又道："其实这也很没道理。我就像你一样，是刀是剑，是狗的牙，猫的爪。他们该恨的不是我，而是买我提刀的人。"

"我们并不一样。我是一把剑，持剑的人将我挥向哪，我就杀到哪；可你不同，你是有选择的。"

"是吗……"阿壹哂笑着，显然不以为然，"我还能有什么选择。"

"你可以选择放下刀剑。"顿了下，定光又补了一句，"或者选择别做你师父那样的人。"

阿壹的表情僵硬了一下，显然是被定光的话给戳到了。

他抱着枕头，转了个身，不言语了。

这时，门忽然被敲响。

静夜里，那敲门声格外明显，却听得出敲门之人动作轻柔，仿佛怕惊扰了他似的。

这个时间不知道什么人会来，但也没有什么危险的气息。阿壹等了一会儿，还是下床去开门。

门口站着个女人，身上有豆子和胭脂的香味，还有一股淡淡的药气。阿壹想到，是刚才回来时在巷口撞见的女子。

见阿壹开了门，女子道："呀……我还怕你睡了。刚见你醉得厉害，给你做了碗解酒汤，喝了能舒服些。"

阿壹不认识她，有些莫名其妙的，道："我不要，拿走。"

那女子倒不见外，拉起阿壹的手直接把碗塞进他手里："嗨呀，放心喝吧，没下毒。今早上要不是你打跑了那些流氓，恐怕我也得被他们欺负了，算是我谢你的，喝了早点休息吧。"

女子说完转身走了，以声音判断，她进了跟阿壹家隔了一间房的屋子里。

阿壹关上门，拿着那碗汤坐回床上。

定光道："可没有人会给一把刀送解酒汤。"

阿壹：……

定光又道："行良善之事，总会有人看到的。哪怕是图些报答也好，到底比杀人强。"

阿壹刚说完那些怨天尤人的哀怨之话，眼下多少有点被打了脸，面子上挂不住，闷了半天才道："关你屁事，就你话多。"

定光略笑了笑。

阿壹摸着那碗温热的解酒汤，不说话，仰头喝干了，接着把碗一丢，抱着枕头躺倒下去睡了。

阿壹坐在门槛上，早饭照旧是一碗豆腐脑。

那夜给他送解酒汤的女人在不远处跟人吵架，没听明白有理没理，反正气势如虹的。

他想起街坊们八卦时说起过，她似乎是别的地方哪家青楼里跑出来的，怀了孕，好像是不想把孩子生在那种地方，就串通了个客人偷偷逃走了。那家青楼还在派人到处找她，万一被找到，恐怕下场会很凄惨。给别人听见这样的事，或许会在心里偷偷打些主意，但阿壹对那方面的事压根不懂，也没兴趣懂。

吵架暂停，一股豆腐味儿夹着胭脂香风汹汹走过来，抄起自家门口的一根棍子还是什么的，细声细气地骂："怎么啦！要打是嘛！别的不干就会欺负我一个怀着孩子的女人，你可真是个好老爷们儿！"

对面又骂了几句，说得挺脏的。

女人更加上火了，跳着脚回道："呸！没脸的东西，老娘不偷不抢，也没卖到你家去！你吃了东西不想给钱，哪儿都没有这样的说法！"

定光站在门口看了一会儿，道："真是好女子。"

阿壹问："她长得好看吗？"

定光赞道："蛛首蛾眉，荆钗布裙，足下蹑丝履，头上玳瑁光。堪称佳人。"

"说人话。"

"好看。"

阿壹点点头："我也觉得她应该很好看。"

说话间，那女人的战局结束。对方骂不过她，骂骂咧咧地丢了几文钱过来，然后照例放狠话，饶不了她云云。她满不在乎地捡起钱，见阿壹还在吃豆腐脑，就舀了一碗豆腐炖白菜递过来。

那夜之后，她就自顾自地跟阿壹熟络了起来。阿壹自始至终都觉得莫名其妙，这女人也太自来熟了，但那感觉不坏，他并不觉得讨厌，顶多只是有点……呃，不知所措吧……

那女人在家里做豆腐维生，一般是直接卖，如果能买到便宜的菜，就跟豆腐一起炖成菜，三文钱一大碗。

阿壹不爱白拿她的东西，没接。

她只当是阿壹不好意思，颇强硬地把碗塞到阿壹手里，笑盈盈的，仿佛刚才急赤白脸跟人吵架的是别人。

"你吃了吧，吃完帮我个忙。"

"干吗？"

"帮我去城里买点药。"

"我一个瞎子，你让我帮你去买药？"

女人哧哧地乐了，压低了些声音，道："别以为我不知道你是做什么的，我什么人没见过。大家都是下九流的，你跟我装什么呀。"说着，轻轻拉了拉阿壹的袖子，颇有些撒娇的意味，"去吧，不叫你白跑，晚上回来还给你蒸包子呢，好不好？"

阿壹躲开她，起了一身鸡皮疙瘩，没说话。

去城里买点东西对他来说并不难，这些年他早就把城里的每条街道都摸了个清楚。只不过，他觉得跟她不熟，多少不大爱去。

女人见他不说话，只当他答应了，跑回家拿出张方子来塞给他，又自说自话地告诉他药店在哪儿，怎么走。除了买药，还要什么零食，说着女人觉得他可能记不住，又额外写了张字条并着钱一起给他，道："看不见的话，把条子给掌柜就成"。

阿壹默默听着，一声不吭的，把那碗炖豆腐吃了个干净。

女人絮絮叨叨地说完，接着回去照顾她的豆腐摊子了。

定光拊掌赞叹道："真是好女子。"

可能是觉得吃了她的炖豆腐，也可能是馋了晚上的包子，总之阿壹还是替她跑了这一趟，不仅抓了药，还买了枣泥馅儿的饼和棋子糕。

定光路上没专门跟阿壹说什么，只是以阿壹听得到的声音自言自语地念叨着：什么女人怀着身孕总要补养些啦，吃点什么才好啦，如何如何的……烦得阿壹头痛。他掏了掏钱袋，上次赌完钱剩着的那十两还没花出去多少，遂去市场上让人杀了只鸡，一并拎了回来。

晚上那女人依约给阿壹包了包子。除了包子，还有一碗热腾腾的鸡汤煨豆腐，豆腐底下埋着一只鸡腿。

后来的几天，那女人索性连磨豆子这样的力气活也一起交给阿壹。阿壹不乐意做，她就理直气壮地说自己怀孕了，干不动粗活，接着塞给阿壹各种豆腐做的菜。

阿壹杀人，往往依靠的是一瞬间的爆发力，但像磨豆子这种粗活，阿壹却没什么经验。他一开始推着石磨转得很猛，但很快就转不动了，扶在一旁喘气。

女人见了，一边搅动着豆浆一边调笑："年纪轻轻的，怎么这么不济。喏……"说着，她舀了碗刚磨出来的豆浆，调上一勺糖，递到阿壹手里。

阿壹拿起豆浆仰头喝了，然后接着干活。

阿壹替她磨豆子的时候，定光就站在旁边看，说两句风凉话。他没见过民间做豆腐的，很感兴趣。

阿壹去井里提水，阿壹磨豆子，阿壹喝豆浆，满头是汗。

女人点豆浆，女人切豆腐，女人跟来往的街坊客人说笑话，很有趣味。

这做豆腐的过程很有意思，做豆腐的阿壹也很有意思。

这世上，纯粹的大奸大恶与纯粹的大仁大善一样，其实并不多。大多数人那所谓的善恶不过一念之间，你把他往好的方向推一把，他也便顺着过去了，便如同阿壹这样。虽然为那女人做这些事的主要原因是他不大会拒绝，但如果一直这么不拒绝下去，也未尝不算是个良人。

定光说道："这样不是挺好的吗……"

阿壹正跟石磨较劲，他真的不太做得来这种力气活："有什么好的……累死了……"

定光道："你看，你善意待她，她也善意待你。以前那些被你杀掉的人里，未尝没有她这样的人。"

"关你屁事……"

"如果不做杀手的话，你想做什么？我看做豆腐就不错。"

"扯淡……不做杀手我能做什么？"

那女人听见动静，回头看了一眼，没看见有别人，便疑道："你跟谁说话呢？"

阿壹不言语。

她笑笑："你这人老是这样，一个人自言自语的……"

……

定光望着阿壹气闷闷的，又不得不做这做那的样子，发觉他这人有些孩子气，居然还有点以前未曾察觉的可爱。

伍

阿壹在女人那忙了一天，快到傍晚时才回到自己的屋子里。

他换上做活时穿的衣服，扎紧小腿的绑带，细细地将双刀磨过又擦了一回。阿壹看不见刀刃的情形，就伸手在刃上弹了一下，那声音凛冽清澈，听来是磨好了。

黄昏里，残阳从纸窗的破洞渗进来，照落在阿壹身上，拉下长长的倒影。他那一时的可爱荡然无存，只有一身肃杀。

定光不拦着他，也不说话。

他生计如此，一时半会儿的，让他不再杀人跟着那女子去做豆腐是不可能的。

定光问："不拿剑吗？"

阿壹答："不拿，那剑根本就拔不出来……况且我也不用剑。"

之前几天里，阿壹已经踩过几次点，故而宅子里的情况是在预想内的，不会出什么差错。目标只有一个人，阿壹悄无声息地把男人堵在书房里，不等他叫出声就把人抹了脖子，像以往无数次一样，干净利落。

原本这次的活就该这样了结了，但他却被这家的女主人堵在了院子里。

那位夫人身上带着淡淡桂花的香气，手里拿着剑，指在阿壹的脸上，剑尖发抖。

阿壹感觉得到她的动作。她不会功夫，只是此刻情绪崩溃着，气血上涌。

这样的情况阿壹也不是第一次遇到了，于是尝试讲道理："躲开些，你不是我的目标。有人花钱买了他的命，要报仇去找花钱的人。"

那夫人哭喊着，她声音太大了，又哭得含混不清的，阿壹没听明白，只大致知道她说的是她与她的夫君多么恩爱云云……

　　阿壹对这些人间的爱情故事没有兴趣，拨开她的剑，绕过她要走。

　　那夫人的剑挥了过来，阿壹一如往常地凭着反应提刀，在被别人杀掉前杀掉别人。

　　她撕心般地喊着："他是那样好的人，就算死也不该死在你这样的人手里！"

　　"做些好事吧，哪怕是图些报答也好，总比杀人强。"定光当日的聒噪忽然在耳边响起。

　　一念善，一念恶，一念执迷，一念恻隐……

　　剑影闪过月光之下，划破悲切的风声。

　　阿壹的刀悬在半空，没有落下去。他的双刀之下终于有了第一个活人。

　　夫人的剑刺破了他的腹部。凭感觉来说，似乎没有伤到要害，只是尖锐地疼痛着。他收刀，后退几步，捂着伤口忍痛跳上房顶逃离了宅院。

　　他这一生也没有过几次所谓的善念，偶尔一次，最后换来的只是肚子上的一个窟窿。他想，亏，太亏了。

　　她说她的丈夫那样好，不该死在自己这样的人手里。

　　原来，连那样的怨恨都是不值得的。

　　阿壹跌跌撞撞地回到自己的住处，因为失血过多的缘故，他的感觉已经有些模糊。仿佛一片混沌压在他的头上，越压越深。他只能听见自己愈加沉重的呼吸声，甚至连痛都变得迷蒙。

　　他不知道自己走了多久，直到蒙蒙中一股凛然剑气劈开混沌，让天地重归清明。

阿壹难过地抬起头，仿佛看到了光。他体内血气冲撞着，疼得倾江倒海，用最后的力气伸出手，扑进那冰冷的胸怀中，彻底失去了意识。

"没事了，已经没事了。"

定光在床边坐着养神。

那天夜里，阿壹浑身是血地撞回来，那双浑浊的眼睛里盈满的不知是血还是泪。他直挺挺地往自己身上一扑，就没了动静。某个瞬间他甚至以为这人救不回来了。

他把阿壹架上床，迅速思考了一下目前的情况。剑在屋子里，剑魂就没法离这个房间太远，除了阿壹没有人能看到他，听到他的声音。他冷静地烧了开水，不算熟练地为阿壹简单处理伤口。中夜时，阿壹发起烧来，他绞了毛巾搁在阿壹的额头上，一直照看着。到破晓时，隔壁卖豆腐的女人过来看见一室狼藉，才惊呼着去请了大夫。

定光身份贵重，从来没为人做过这种事，按理说，他也不应该做这样的事。这次破例救了人，究其原因，他自己其实也并不明白。阿壹这样的人就算死了，也是罪有应得的，但定光总觉得如果就放着他这么死了，那他这一生，就真的太可悲了。

为他清理伤口时，定光触碰到他流出来的血。

其实就算是这样的人，血也依旧是热的。

阿壹闷躺在床上，不能下地，也不能动，整个人昏昏沉沉的，不知是饿的还是难受的。

他的伤势不算重，没有伤到脏腑，只是那一剑恰好捅在了腰眼上。大夫看过之后说，恐怕三五日内下不来床，之后也要将养很久才能彻底好过来。

他的情绪很坏。

伤着的这些日子里，他睡不好，总是做梦。梦中尽是那夫人绝望哭号的声音，厉声质问他为什么不连自己也一起杀了。

为什么不呢，他自己也不知道。

定光知道了那天晚上的事，没说他做得对或不对，只说这是报应。

一想到这个，他就烦得很。他脑子不那么好用，自己想不明白，定光说他可以自己做出选择，他试着做了，但他并不觉得这个选择有什么好的结果，最后也不过一句报应了事。

这算什么报应呢，死了才是报应。

隔壁那女人过来送吃的，今天做的是红枣粥。阿壹不爱吃枣，她就把枣剥皮去核捣成泥拌进粥里，轻声细语地哄着阿壹吃一些。

她不打听阿壹怎么伤成这样，只是一味地关照着，抽空还把阿壹的屋子收拾了一遍。虽然阿壹看不见，但定光说她收拾得很干净，连地板都擦过了。

这次做活结的账是客栈伙计送来的，为着阿壹的伤，还额外多加了二十两银子。定光说女人的肚子已经很大，再过两三个月恐怕就要生了。阿壹眼下只能在床上躺着，拿了钱也没用，索性把钱都给了她，让她买些好的东西来吃。她做什么，阿壹就跟着她吃点。

那女人没假惺惺地推辞，她的确需要这些。只是她拿了钱，就更加尽心地照顾着阿壹，也照顾着自己。她每顿饭都做得足足的，拿过来跟阿壹一起吃；隔几天就去请大夫，先给阿壹看伤，再给自己看看孩子。

女人好言好语地送走了大夫，回来分拣着大夫留下的药准备煎。

她一边做着手里的事情，一边仿佛漫不经心地道："要不然，就不要再做了吧？"

阿壹略歪了歪头，一时没反应过来："什么？"

"我是说，你那营生，要不然就不要再做了吧？太危险了。"

"关你什么事。"

"好嘛……"听上去她只是笑笑，按下不提了。

药放在炉子上煎着，陶泥小炉发出咕噜咕噜的声音，飘出来的药味儿很苦，但让人有种温暖安逸的错觉。她拿小扇子扇着火，一手摸摸自己的肚子，笑道："说来，他这两天老是踢我呢。"

"谁踢你了？"

"孩子呀。他可好动了，恐怕是个男孩子呢……你要不要摸摸？"

说着，她还真站起来，到阿壹床边，拉起阿壹的手。

阿壹不喜欢给人碰到，手往后撤了撤，可那女人抓得很紧，他又不敢使什么力气，最后还是由着她抓着自己的手，放在她的肚子上。她的肚子高高隆起，阿壹看不见，也想象不出来。他只是用手心感受着那温热的皮肤和内中极为细微，却十分坚实的另一个心跳。

这感觉很奇妙。

忽然，里面那个小东西动了动，隔着一层肚皮，轻轻地踢了阿壹一脚。

阿壹似乎被吓到了。他身子一颤，不知所措地愣着，刚要把手抽回来，却被定光横空握住，重新放回那女人的肚子上。

"你看，这就是生命的最初。"定光握着他的手，贴着那层薄薄的肌肤。

阿壹的感觉比别人都要敏锐，因此，他也更能感觉到那个小东西在动、在翻身、在心跳、在活着。他人生中第一次对"生命"有了一个模糊的概念。他的掌下有一条尚未出世、但是真切活着的生命，让人忍不住想，他什么时候会出生，生下来时会是什么样子，以后会变成什么样的人，可千万不要变成自己这样……

"活……活的……"阿壹认真感受着掌心中的触觉，喃喃道。

女人听了这话嗔笑道："你这说的是什么话，当然是活的，不然怎么从我肚子里出来呀？"

定光放开他的手，在一旁道："你曾经也是这样的。在你母亲的腹中，你的母亲也会如同她这般珍爱你，盼望着你出世。"

真的会这样吗？这世上真的有过这样一个"母亲"也每天笑盈盈地，忍受着诸多痛苦，期盼着他的到来吗……

这样的想法，让阿壹觉得高兴，同时也觉得难过。他沉默着放下手，情绪复杂地躺了回去。

在他的心里，开始有了一个小小的期待。期待着，一个生命的到来，而不是消逝。

陆

阿壹在床上躺到快长霉时，终于可以下地了。当然，只是能下地走走，还不能做什么剧烈的活动。

那女人眼看着就快要临盆，索性铺子也暂时关了。她有些原先从青楼里带出来的簪环首饰，当了些银子先用着，其他的等孩子生出后再说。她平日里做做饭，给小孩子做做衣服，跟街坊邻居说说话，看着挺高兴的。

阿壹觉得她很厉害，不管怎么样，她都能把日子过得很高兴。

阿壹百无聊赖的，居然跟着定光学起了下棋。他看不见，自然也用不着什么棋盘棋子，只是定光告诉他几条横几条竖，他自己在心里画了个格子。至于规则，他记得更加稀里糊涂，原本就是为了打发时间而学，定光说多了他头痛，就自己随便走。

定光陪着他手谈，听他想了半天把一个子落到八竿子打不着的地方去，心里快崩溃了。

一局棋痛苦地下到中夜，阿壹的黑子被定光堵得上天无路、入地无门，中间耍了几次赖都没有用。他不肯认输，故而这局成了死局。

阿壹下棋用脑过度，爬上床要睡，可还不等闭上眼，就听到了隔壁传出那女人的呼救声。

他马上翻身坐起，全神贯注地听着。

是前些日子跟她吵架的流氓，也就是最开始来收保护费被阿壹打了的那个。那流氓跟她吵过之后，不知道怎么的就惦记上了她，时不时地来骚扰，还说要娶她回去当小妾。她对那流氓也没有什么好脸色，每次都把他啐回去。

阿壹听着隔壁的动静，那流氓似乎是喝了点酒就疯疯癫癫起来，居然直接找上门来。女人开始时还激烈地骂，随后逐渐软下来，哀声切切地求他，最后哭叫着救命，希望有人能听到。

"不去看看吗？"定光问。

阿壹低声道："关我什么事。"

"是吗……唉，可怜，被糟蹋一回，孩子应该是保不住，她自己的性命也危险。"

……

"那样活泼的孩子呢，要是能生下来……"

阿壹慢慢抓紧身下的床被，那孩子的生机仿佛还留在他的手心，轻轻地跃动着。

"麻烦死了……"

流氓被打得很惨，猪头狗脸的，扔出去的时候，话都说不出来了。

阿壹拿着定光，剑锋依然不能拔出来，只能抡着当烧火棍用。

"不能出鞘，"定光说，"怀孕的女人见不得血光。"

女人被吓得不轻，鬓发都散乱了。她紧紧握着阿壹的手，说话声音带着哭腔，颤抖着说："我知道你会来……我知道你会来……"

阿壹不知道怎么安慰她，只能像当时她照顾自己一样，坐在她的床边，任由她拉着自己的手哭了一会儿。她哭累了睡下，阿壹才离开。回到自己的屋子，阿壹躺到床上，翻来覆去的睡不着。

定光坐在床边的椅子上，虽然他被当作烧火棍用了，但心情看着依然不错。

"你救了她，她会感激你。"

"我不需要。"

"人总是这样的。"定光望着破窗里洒下的月光，笑笑，"平日里其实不怎么需要别人对他好，但如果有人对他好了，他总会记得。"

定光又道："你如果真的一点儿都不在乎，那么你压根就不会去，不是吗？"

阿壹被他说得脸上挂不住，又觉得烦，拉起被子把自己蒙住，翻身不理人了。

最近这段时间，因为定光，因为那个女人，阿壹做了太多以前想都没想过的事情。其实归根结底，他做的依旧还是打打杀杀那些事，他只会做这个。

但，因为打的人不同，事情的结果也完全不同了起来。他不再是金主手里冷冰冰的刀剑，他像个人了。像个人一样被人照顾、被人感谢；像个人一样吃饭起居，跟人聊天；像个人一样地学干活，学下棋……也像个人一样，担心期待着自己在乎的东西。

原来做人竟是这么烦琐却有趣的……

他想，如果阿七是现在死的，那么自己也许真的会感到难过吧……

阿壹睡下了，定光忍不住伸手摸了摸阿壹那乱糟糟的鬓发。他已经不像初见时那么看不上阿壹了，更多的只是萦绕不散的悲哀。

他是定光不曾见过的人间倒影，定光为他难过，也为这人间苍凉感到心寒。

柒

那女子自从被吓到之后，身上就一直不大舒服。她原本就几近临盆，精神不济，身体也总莫名其妙地疼，这些日子她更是每天都在担心自己是不是要生了。就一直这么担心着，担心到真的要生了的时候，又拖拖拉拉地想是不是又像前几天一样，只是疼一阵就过去了。

外面下着雨，哗啦啦地冲刷着茅草铺的屋顶，流落在地上，汇入丝丝缕缕的清流，流向不知名的远方。

中夜过去之后，那女人终于痛到受不了，尖叫着喊阿壹去请稳婆来。阿壹有些手忙脚乱地从床上爬起来，套上衣裤往外跑，不知怎么的，心里居然有些不安。

阿壹停下脚步。

杀气。

已经有一段时日没有遇到过的杀气，而且一来来了一群。

巷口有三个，屋顶上两个，屋后两个。巷口那三个不像是正经的武者，不用很在乎，但屋后和屋顶上那四个都是高手。

情况不太好……

阿壹下意识地往后腰摸去，然而他只是出来请稳婆，没有带刀。雨夜里，他的伤口还在隐隐作痛。

情况简直糟到家了。

"别挣扎了，今天你必须死在这里。"

这声音阿壹认得，是上次捅了他一剑的那位夫人。她身上的桂花香气已经没有了，只有血的味道，想是在来之前已经杀过一轮了。

阿壹不说话。

她又道："那个买你出手的人已经死了，现在该你了。"

哦，果然如此。

夫人说完，另一个声音也响起："大爷，那女人就在这，我亲眼见着的！"

"喂，你见过一个怀着孕的女人吗？把她交出来。"

是那个流氓，另一个声音不认识，但细想一下，应该是那家青楼的人。

两拨人，能动手的有七个：三个打手，四个高手。眼下这情况，打的话，要赢很难；跑的话，逃掉没问题。

但是他不能跑。他跑了，那女人和她的孩子都会死。

阿壹为数不多的理智都在叫嚷着让他快跑，但他的双腿站在原地，无论如何也迈不开。

"你是有选择的。"

他是个杀手，他只会杀人。

屋顶上的杀手跳下来，屋后和巷口的也在一步步逼近。阿壹缓缓退步，退到家门口。

定光在檐下看雨，剑就搁在门口。

阿壹摸到了剑柄，握紧，提剑。

"我来不及找刀了，这次能拔出来吗？我想让那女人把孩子生下来。"

定光转到阿壹身后，一道明亮的闪电劈开那接天无际的雨幕，在一瞬间将周围的一切照得亮如白昼。

"予君所愿。"

定光终于出鞘。古朴的青铜剑身上没有光泽，钝重却凌厉，带着浩然剑气，直刺向离他最近的那个杀手。那杀手闪身躲开，却仍被强大的剑气威压冲得踉跄一步，被阿壹抓到机会，反手一剑。那杀手虽然再次躲开，却仍被刺中胳膊。

阿壹先动了手，还迅速地伤了一个，其他人也顾不得别的，一齐上了。

青楼里来的那三个打手到底不敢近身。高手四对一的战局中，一个不小心就会被乱剑捅死。他们只敢在周围丢丢暗器，那暗器应该是淬了毒的。阿壹一边打一边躲，十分紧张。

阿壹学过剑，但多年不用，到底有些生疏。定光握着他的手，像是教学般，刺、挑、劈、断，同时告诉他暗器从哪个方向过来。嘈杂的雨夜里，一人执剑迎战，却也像是一人一剑各自为战。

女人还在屋子里痛呼，她似乎听到了外面的动静，叫了阿壹的名字。青楼的人听见了，撇下阿壹就要往屋子里冲。

阿壹不顾身后的剑客追击，高高跃起，劈斩而下。血顺着定光的剑身流下来，落进漫地雨水。

阿壹的腹部再次被剑捅到，这次严重一些，居然直接对穿过来。阿壹低头，见到了明晃晃的剑尖正从自己肚子上刺出。而定光也插在那个青楼打手的胸前，将人钉死在地上。

身后的杀手抽剑，阿壹一下子没站稳，挂着剑稳住身形，再次举起剑道："里面有个女人在生孩子。你们要打的话，我陪你们打，别动她。"

夫人听到这话，吩咐了杀手，不许破门。

青楼的管事听到这话，埋怨那流氓怎么不告诉他们还有这么棘手的保镖，接着拉拢阿壹，说如果把那女人交出来的话，以后就罩着他，不让这些杀手再动他。

有人是恶人，有人是良人；有人图利，有人图恨。

阿壹守在门前，捡起地上的一枚梅花镖，抬手不偏不倚地扔进了那青楼管事的嘴里。

他就在这里，他一步都不退。

这是他自己的选择，像个人那样地，做下了选择。

密集的攻击再一次袭来，定光抓着阿壹的手挥砍出去："你是个好剑客。"

"是吗，可惜我不用剑。"

旧巷中刀光剑影交错纵横，那兵刃相接的铿铮鸣却被屋里女子的痛呼声所遮盖。

屋外已经死了三个，屋子里却还没有动静。

定光说，生命的诞生原本就是困难重重。

阿壹中了一枚毒镖，头磕出了一条口子。他腹部被刺穿，胸前也被砍了一刀，伤口从胸前一直到腹部，正热辣辣地疼着，血流如注。

对手太多了，也太强了。

阿壹撑着剑，靠在门边略作喘息。

四个高手死了一个，伤了两个。青楼里的三个打手死了两个，剩下一个躲在其他人后面，不敢动了。

阿壹瘦小的身形此刻宛如杀神一般。他横剑站在破旧的木门前，那双看不见的眼睛被血糊住，也已看不出原本的面目，他浑身是伤，仿佛已气空力尽，但所有人都不敢妄动，只要靠近门前一步，他的剑就会挥过来。

僵持中，屋内一声清脆嘹亮的啼哭响起，如光似剑一般，刺进这一夜血雨中，划破了绝望肃杀的氛围。

趁着阿壹失神，面前的杀手提剑刺过来。

"够了。"

不远处看着的那位夫人终于出声，仍带着悲恸和深深的无力。

"够了……可以了……"

夫人望着那扇门，新生幼儿的啼哭让她想起她自己那个还没有长大的孩子："走吧，钱我照旧付给你们……"

几个杀手闻言，纷纷放下刀剑，转身跟上了夫人。

"等等……"阿壹叫住她。

阿壹的确已是强弩之末，连站都站不稳，可依然望着夫人的方向。

"我……我活不成了，但……请个大夫……给她看看……"

夫人闻言，回头看了阿壹一眼，什么也没说。

阿壹看不见她的脸，只听到她走远了。那离去的脚步犹疑着，仿佛慈悲，仿佛怨恨。

夫人带的杀手都撤了，青楼那几个打手和管事的都死了，至于那个流氓，早就不知道跑到哪里去了。

破晓的第一道天光照落下来……

结束了。

阿壹终于脱力地坐到地上。定光在他身边，他想和定光说什么，可张口先呕出了一大口血。

那孩子还在哭。他可真能哭啊……听上去，身体一定很好。

阿壹扶着剑，拖着一路血，慢慢挪回自己的屋子里。他知道自己要死了，但并没觉得难过或者不甘心，只是身上很痛，还有点高兴。

他这双只会杀人的手，终于承托起了一个生命的重量。

他曾无数次设想过自己会怎么死。但从来没有想到过，原来死亡也可以这样平静和满足。

他爬到床边，实在是没有力气爬上去了。定光在他身旁，陪着他坐下来，他倒头靠在定光肩膀上。

"定光。"

"嗯，我在。"

"我没戏了……"

"嗯，我知道。"

"你之前问我，要是不做杀手的话要做什么，我刚想到的，不如就去做个侠客吧……"

阿壹说着，往窗外的方向望了望。雨已经停了，朦胧的阳光穿破云层，正一点点地唤醒人间。可惜，阿壹看不到。

"做个用剑的侠客，去很多地方，要穿白色的衣服……"

"嗯，仗剑行侠，闯荡天下，是个好活法。"

"那个女人的孩子生下来了呢，她可真厉害……"

"嗯，那孩子哭声洪亮，将来一定是个身体强健的孩子。"

"可不要让他变成像我这样的人啊……"

阿壹说着，又呕出一捧血，吐在定光身上，接着血滑落下去，沾染了剑身。

“定光。”

“嗯。”

“等你遇到下一个主人，会跟他提起我吗？”

“定光之主自古就只有太甲一人，我不会有其他主人。”

“你很烦……我都要死了……”

“但我会告诉后人你的故事。”

“你会怎么说我？”

“说你是一个侠客。”

“我才不是侠客呢……”阿壹笑了笑，他的感觉开始变得模糊，连定光的声音都有点听不清了，“我是个杀手，死在别的杀手手上，罪有应得。”

“人贵在知错，更贵在改过。”定光抬头看着阿壹，他的眼睛已经合上，呼吸也愈渐微弱，“他们会知道你曾经犯过的错，也会知道，你最后死得像个豪杰。”

“是吗……是吗……那挺好的……”

“我也会告诉他们，你是我的朋友。”

阿壹闻言，身体动了动，他抬头看着定光，那双眼睛依旧是血红浑浊，可那不存在的目光中，却分明带着眷恋。

“那女人如果过来的话，看到我这样子一定会哭，让她别哭……让她……”

“我恐怕没法劝她了，她看不到我。”定光说完，阿壹没有再说话。

片刻后，定光再看时，发现阿壹保持着那微笑的表情，悄无声息地坐着，已经气绝了。

那日午后，女子歇了过来，送走大夫，抱着孩子来找阿壹——

她知道阿壹护了她和孩子一夜。

进门时，屋里静静的。

她走近时，发现阿壹的面貌不知被什么人打理过，柔软的头发细密地束结在一起，搁在枕边，脸上干干净净的，微笑着。他只穿着一身雪白的里衣，静静躺在床上，枕边放着那把他不怎么用的青铜剑。

她这才发现，阿壹原来还是个青青少年。

捌

春色如许，满城飞絮。

城外，一位白衣剑客带着一壶酒，在城郊一座孤坟旁席地而坐。

"叔，我来看你啦。"

剑客启开酒坛，将半壶浇在坟前，又自己喝了几口。

"我娘让我给你带枣泥饼，但定光说你不爱吃，路上我就自己吃了。

"我前些日子去参加试剑大会，拿了头彩呢，不过定光实在是太烦人了……他说我挥剑的样子像当年的你，这应该是夸我吧？

"定光他挺想你的，虽然他不说，但是他整天在我耳旁念叨你当年如何如何……"

剑客笑盈盈的，絮絮叨叨地说了一会儿，酒喝完了，就起身离开。

"叔，你应该是个很好的人吧……我娘和定光，他们一直都念着你，虽然我没见过你，但我也念着你。

"会有人过你曾想要的生活。"

扫墓完毕，剑客提剑离去。

少年仗剑，白衣如雪，行走天涯。

逐　　光

墨天泽

丹祈

返剑晕血

文 琉璃王冠

退休魔尊剑主 × 美丽废柴剑魂

一个筑基修士有限的生命，对寿数漫漫的他来说，脆
弱如指尖琉璃，短暂若一瞬昙花。

这剑晕血

文 ▸ 琉璃王冠

行走于梦境的妄想家。
但愿你翻开这一页，会在梦中与我重逢。

壹

墨天泽打算铸一把剑。

这把剑日后将会常伴他身侧。他上战场，剑就要为他浴血杀敌；他下厨房，剑就要为他烧火劈柴。这必须是一把无坚不摧的、世上最强的剑，因此他并不吝惜铸材，祭出他能搜罗到的所有奇珍异宝，全部投入到铸剑炉中。

纯青的炉火将剑身烧得通红，稀矿异宝铸造的剑身上，流转着华美的火彩。即使尚在炉中锻打，它已经爆发出了惊人的灵气，这昭示来日它必将成为神兵榜上有名的珍奇。

经过九九八十一天的锻打之后，杂质尽除，剑身通透无垢。墨天泽灵气引动，将剑胚从炉中取出，浸入地心寒泉水中淬火。

"轰"的一声巨响，云雾蒸腾。一条银龙呼啸而出，在云霞与虹光中直上云霄。

天地异象引动，这赫然是神兵出世的架势！

墨天泽双眼明亮，迫不及待地为其打磨开锋。这柄长剑极尽华美，剑身银亮如雪，开刃的侧锋映入光中，便流过一道流星般的剑光。他将剑扬起，轻轻一挥，面前的空气竟肉眼可见地被剑锋斩开，断出一道裂隙。

绝世的好剑啊！

墨天泽迫不及待地将手指贴向剑锋，准备进行最后一个步骤——滴血认主。

就在这一瞬间，他耳边响起一声尖叫。

"不要啊！我晕血——"

墨天泽：？

贰

什么？什么血？

晕血？剑？

怎么会有剑晕血的？

这下给墨天泽整不会了。

叁

墨天泽心中有一个理想。

他希望自己可以在三年蛰伏之后，带着自己铸好的神剑重出江湖。此去拳打仙尊，脚踢道圣，一口气荡平修仙界，成为天上地下至高无上的修罗神。

可惜如此远大的理想，竟熄灭于神剑晕血。

"晕血是天生的，又不是我故意的啊。"红衣的貌美剑灵一脸委屈地说道，他正抱着自己的本体躲在剑炉边的角落里瑟瑟发抖，生怕墨天泽一冲动就把他投回炉里熔了重铸，"你最好反省一下自己，铸剑的时候是不是放错了什么材料？"

墨天泽看着缩在角落毫无出息可言的剑灵，深吸一口气。

隐忍。

"剑已经铸成，即使知道是什么铸器材料出了差池，也已经无济于事了。"墨天泽面无表情道，"当务之急是……搞清楚你究竟晕血到了什么程度。"

假如只晕人血，那么这把剑将来还能做一把宰牛刀，再乐观点想，说不准宰着宰着，他的晕血症就给脱敏治疗好了。但是如果所有血都晕，那就彻底没救了。

为了弄明白剑灵晕血的情况，墨天泽去屠户家买了鸡血、鸭血、猪血、牛血各一碗，放在剑灵面前，让他一一测试。

最后的结论是，所有血都晕——是个废物无疑。

根据这把剑不能见血的特性，墨天泽给他命名为"不杀"。并且为他找到了最适合他的位置。

不杀剑灵第二天早上醒来时，发现自己正安稳地躺在炉膛里。

肆

为了不彻底沦为一根烧火棍，堕坏神剑的名声，不杀发愤图强，通过自学点亮了很多的技能，比如说伐木劈柴、除草收稻，开核桃

和拍大蒜。如此云云。

墨天泽永远无法忘记，那天他打开家门，看见不杀坐在自己床头正一脸认真地练习削果皮时的情形。

他情不自禁地开始想象，多少年以后，他重出江湖，去参加魔尊之间百年一度的吹水大会时，会是什么场景。

魔尊一号："今天的吹水大会，我们就来聊聊，各自的佩剑曾经做过哪些别人家的剑从未做过的事情吧。"

魔尊二号："我的剑曾经将上古秘境中的神兽一剑两断！"

魔尊三号："我的剑曾经一剑杀死数十万剑修！"

魔尊四号："我的剑曾经开山分海，破碎虚空！"

墨天泽："我的剑曾经连削一百个桃子，每一个桃子皮削下来，都是完美的一整条，没有一根削断过。"

众魔尊："不愧是墨尊者的神剑，轻易做到了我们的剑做不到的事情！"

墨天泽：……

这魔尊，不当也罢。

是夜，不杀被敲门声吵醒。

他白天砍柴烧火，劳累了整日。好不容易能够躺在炉膛里休息片刻，享受难得的宁静，竟然还要被人打扰清梦。真是岂有此理！

"来者何人！"不杀气势汹汹地问道，用剑柄撞开了柴门的门闩冲了出去。

柴门"吱呀"一声打开，露出其后一大片黑黢黢的影子。

这 剑 晕 血

只见这些人或高或矮，或胖或瘦，将门围得水泄不通。他们有的骷髅可怖，有的青面獠牙，有的虎背熊腰，总之是一群满脸煞气的穷凶极恶之徒。

不杀：……

打扰了，告辞。

他以迅雷不及掩耳之势一剑柄拍上柴门，毫不犹豫地转身，缓缓躺回炉膛中。

陆

巨大的开关门声旋即惊动了墨天泽。

昔日振袖便是血海尸山，名声能止小儿夜啼的魔尊，像一个干净的凡间少年郎般穿着深色的棉布中衣，趿着木屐，肩上披散一片墨黑的长发，一步一晃地走出房门。

他揉着惺忪双眼，拉开了小院的门扉，就看见自己的部下们像一群被主人抛弃的狗一样，可怜兮兮地蹲在自己家门口，用充满祈求的眼神看着他。

墨天泽：……

墨天泽："说吧，找本座何事？"

带头的部下恭敬道："尊者，当年您离开魔界，是准备闭关炼铸神兵，为下一次仙魔大战将修界一举击溃做万全的准备。如今修界已经在集结力量，准备反攻魔界，不日大战就将再临。恳请魔尊出山，带领我等踏破修界，一统乾坤！"

众魔修齐声附和道："恳请魔尊出山，带领我等踏破修界，一统乾坤！"

墨天泽被震得忍不住掩了掩耳。放下手，墨天泽疏离而不失礼貌地回绝道："对不起，我隐退多年，已经没有那种世俗的欲望了。"

"您不必推辞！"部下语气慷慨激昂，"尊者三年蛰伏，便为今日。现在正是攻破修界的大好时机，部众皆是枕戈待旦，只差您的回归了！"

见简单的道理无法说服他们，墨天泽叹了口气："好吧，既然你们都这样说了，那我也就不装了。"

部下们两眼放光，充满希冀地看着他。

墨天泽："实不相瞒，我的剑晕血。"

墨天泽终于将围在他家门口的众多部下劝走了。

他松了口气，将院门掩上。回头一看，一身红衣的漂亮剑灵正抱着自己的本体，躲在屋门后偷偷看他，一双眼睛亮得好像闪出了小星星。

墨天泽：？

"原来你是魔尊呀！"剑灵飘到他面前，仿佛第一次认识他似的，转着圈圈打量他，"完全看不出来嘛，模样像个凡人。"

墨天泽笑而不语。

剑灵又好奇地探头探脑："你既然是魔尊，为什么会跑到凡人的城镇来隐居呢？作为魔尊的生活是什么样的？"

"魔尊的生活嘛，很无聊，反正我不太喜欢。"墨天泽一边和不杀一起往屋里走，一边把门带上，"修士之间的破事和凡人一样多，也是各种钩心斗角，你死我活。"

不杀一脸困惑："这和我想象中的很不一样啊。"

墨天泽："你想象中的魔尊，是什么样的？"

"欺公霸母，强抢民剑。"不杀说着，拨弄头发，将长发往肩后潇洒一甩，"'天凉了，我今天晚上就要看到这柄剑出现在我库房里！'"

墨天泽笑得前仰后合："到了我这个等级的魔尊，当然是优先用自己亲手锻造的剑，这样更加顺手。强抢别人的剑，可以，但没必要。"

不杀："那你在当魔尊的时候，就没有遇到过什么有趣的事情吗？"

"有趣的事情啊，我得想想。"墨天泽陷入了沉思。

少顷，他说道："百年一度的魔尊论战，算不算有趣？"

"魔尊论战，那是什么？"不杀好奇道，"魔尊打架吗？"

"差不多吧。魔修之间以实力最强者为尊，每隔百年就会论战一次，以此决定魔尊的资格和排名。"墨天泽托着下巴说道，"在论战上，每个魔尊或者竞争魔尊之位的魔修都要竭其所能，计谋也好、杀戮也好、撒币也好，展现出自己最强大的一面，证明自己有成为魔尊的资格。因此，我愿称之为吹水大会。"

不杀："笑死剑了，吹水可真形象。你吹到第几名了？"

"上一届吹水，我可是第一名。"墨天泽伸出一根手指晃了晃，"不过我已经隐退很久，要是下次论战不去，我就不是魔尊了。"

"好吧，睡前故事就讲到这里。"墨天泽隔着剑鞘轻轻抚摸，"晚安，今夜做个好梦。"

墨天泽回到了自己房里。

他的房间很空，可以称得上家徒四壁，根本没有世间魔修想象的那般富丽堂皇。一张床，一柜衣，一方桌椅，一面明镜，多余的物什摆件一样没有，简洁到令人发指，甚至不像是有人在此生活。

墨天泽在落地的明镜面前站定，手伸向镜面，镜面被他手指触及的地方泛起层层涟漪。自从踏入修途之后，他早已习得了辟谷、调息，不再需要饮食和睡眠。

他已经很久没有进入过梦乡了。

每一个不眠之夜，凡人们坠入梦寐之际，他便会站在这面镜前，任由其映照自己的倒影。他会看着镜中那个神色漠然的魔尊一步步倒退，眉眼变得生动起来，由一个盘踞在年轻躯壳里的沧桑魂魄，逐渐溯回成真正鲜衣怒马的少年。

往事历历，如走马观花，于镜面之上，于幽深双眼中，一一浮现。

墨天泽刚刚踏入修途的时候，属于正统道修派系，因天赋平平，只拜入名不见经传的小门派。

小门小派，师资力量有限。师长大多是法修出身，没人教过剑修，只能叫他平时先跟着同门听大课，另外单独为他寻了剑诀秘籍，叫他自己课后琢磨。

墨天泽并不擅长法修的功课，在门派中可谓惨极。其他同门已经可以自如使用法术，他还是口诀三天都背不完一页，经常被师长

用欲言又止的目光凝视。他一度怀疑自己根本就不适合修行，回老家继承铁匠铺度过凡人单纯而又快乐的一生，或许是他最好的选择。

直到他在门派中，遇到了另外一种极端。

拾

同门有一个和墨天泽出名程度相仿的修士，名字叫丹祈。

丹祈是书香门第出身，因自幼过目不忘被誉为天生奇才。族人一致认为他有仙骨，于是将他送往仙门修行。

然而问题在于，修仙只靠聪明是远远不够的，还得看根骨。丹祈才智确实一流，灵根却是四灵根，堪堪达到了不被遣送回家的标准。自入门以后，他起得最早，睡得最晚，口诀背得最快，符纸画得最熟。但这一切都没有什么用，因为他灵根驳杂，空有绝佳的记性却无法将法术施展出来。

每年年终考核的时候，他都险些因为糟糕的实操成绩被劝退，又因为满分的理论成绩被留下。几次反复下来，他心态崩溃，深深怀疑自己是不是当一个单纯的凡人去考科举会比较快乐。

又一年下发年终成绩单，师长望着他欲言又止，而后终于对他说道："门中另有一个弟子，法术和剑技都很不错，可惜记性不是太好。你若有空，便去指点他一二，他亦能教你如何施法。"

丹祈很快找到了师长口中那个同样偏科严重的墨天泽，两人一拍即合，开始了互补短板的修道生活。

墨天泽："对灵根的锻炼就和打铁一样，你灵根不够纯，就是练得少了。多练情况自然会有所改善。"说完，他向丹祈演示了如何用一根只有两指粗的树枝，劈开碗口粗的柴薪。

丹祈的重点完全错误："咱们派已经穷到连给唯一的剑修弟子买一把剑，都买不起的地步了吗？"

墨天泽："宗门的事情，怎么能叫穷呢？这叫原汤化原食。"

丹祈："好，我悟了。"

丹祈："你记不住心法口诀，其实也是练得不够多。凡间俗话说得好，好记性不如烂笔头，多抄多写，这些口诀就会像刻在脑子里一样，让你想忘都忘不掉。"

墨天泽深以为然。

于是他们开始一个劈柴，一个抄书。

一刻钟以后，劈柴的人闪到了腰，坐在墙角扶着腰气喘吁吁；抄书的人晃花了眼，仰头掩目试图挽回自己的视力。

从此以后，丹祈替墨天泽完成所有的书面功课，墨天泽替丹祈搞定每一场斗法考核。

从互抄作业的角度来说，两人确实补足了对方的短板。

拾贰

好景往往不长。

墨天泽即将筑基之际，师门长辈为替他寻觅适合铸造本命剑的材料，冒险闯入秘境。虽然确实收获了需要的仙材，却因怀璧其罪，

遭到其他门派的觊觎。

觊觎者与一个大宗门攀扯上了亲友关系，对方仅仅派来一个金丹修士，就将两人的师门搅得天翻地覆。修道之人深谙因果牵系，为绝后患，一路追杀墨天泽与丹祈二人，反而将他们逼得铤而走险，潜入魔界。

为在夹缝中求生，墨天泽毫不犹豫地和丹祈一起转投魔道。修炼路数一换，墨天泽顿时展现出了惊人的天赋，修为节节攀升，几乎从未遇到过瓶颈。一路生死历练不提，筑基、金丹、元婴、化神、洞虚，他终于突破到渡劫期，很快开辟了属于自己的魔域，纵使还没有参加过论战，也已经被人以"尊者"敬称。

然而与其相对的，丹祈还在筑基线上苦苦挣扎。

拾叁

墨天泽一直觉得丹祈的根骨天赋之尴尬，属实是三界一桩奇事。

按说他如今已是渡劫期大能，各种天材地宝召之即来，可竟没有一件是对丹祈有用的。要么就是药力微弱，见效不佳；要么就是药效过猛，足以让丹祈爆体而亡。

他也考虑过挖个天赋绝佳的灵根换给丹祈，可是被丹祈拒绝了。丹祈义正词严地表示了对自己原装灵根的留恋之情，以及对血腥场面深深的恐惧。

早期在魔界开路谋生之时，丹祈的智计与墨天泽的武力合作堪称是天衣无缝。直到墨天泽开创了属于自己的魔域，丹祈依旧是他手下出谋划策的第一人。丹祈为他分析魔界形势，帮他出主意招揽部下，也替他处理魔域中大小事务纠纷。即使后来手下有了许许多

多可用之人，从始至终，墨天泽都认为丹祈是他身边唯一可信的同伴。

如今，墨天泽除了在自己的魔域隐秘处，专门给丹祈打造一座宫殿，布下层层防御符阵结界保护他之外，竟然也没有更好的办法了。

为了降低丹祈的存在暴露人前的风险，他只能尽量减少探望丹祈的次数，每次去都带着礼物，以及想向丹祈咨询的一堆与魔域管理相关的难题。

墨天泽成就元婴的时间太早，躯壳的年岁早已经凝滞在少年时期，轻易不会再增长。他每次去看望丹祈，都觉得对方的模样又有所变化。丹祈随着生长而舒展开的艳丽容貌无时无刻不在提醒他，这是一个修为仅在筑基的修士。

一个筑基修士有限的生命，对寿数漫漫的他来说，脆弱如指尖琉璃，短暂若一瞬昙花。

拾肆

然而丹祈对此却毫不介怀，甚至很是自得其乐。

墨天泽未归的时候，他在自己的宅院里种花养灵草，研究和改进法术，通过密信回复墨天泽的提问。偶尔墨天泽提着好酒来看望他，两人对弈对饮，他便在棋盘上将墨天泽杀得落花流水，还大放厥词"我可是打败过未来魔界第一尊者的男人"，让墨天泽听了都想给他两拳。

若是提及修为和寿数的问题，他那张漂亮的脸上又会露出经典的五行欠揍的笑容，摸着脸说："这也没什么不好的啊，我当年也未曾想过，自己长开了能有这么绝世的美貌。"随后又一脸惊奇地朝墨天泽比画："我记得当年刚认识那会儿，我比你还矮半个头，为此愤愤了许久。可如今我身高都已经反超你这么多了。"

墨天泽冷笑:"但是现在像你这么高的,我一掌可以拍爆一百个。"

墨天泽:"倘若你没有随我入魔,未必会落得如今进退两难的境地。你对我说实话,这些年来在魔界险地挣扎求生,你可曾有一刻怨恨过我?"

丹祈笑着摇头:"嘻,从修行开始,你我就互为短长,命途因缘早已合一,还分什么你我?当年初入魔界的时候,我便预料到你会有今日这番事业。剑修本以杀伐入道为捷径,若不修魔,在正道小山门里你得劈多少年的柴火,才能有今天的成就?"

墨天泽:"你助我良多,我本应该帮你堪破瓶颈,同登大道。未能做到,是我的无能。"

丹祈竖起一根手指,在墨天泽面前晃了晃:"这话太见外了,还是聊点有意思的吧。其实当年入魔的时候,我就已经想好将来咱们俩成为魔尊之后,要用什么称号了。"

墨天泽:"哦?什么称号?"

丹祈:"你叫'不赦君',我呢,就叫'不杀君'。"

墨天泽:"不赦、不杀,何解?"

丹祈:"罪贯十恶,是为不赦。取'不赦'之名,能体现你作为众恶之恶、众魔之首的中心思想,使魔界诸恶无敢来犯者;上兵伐谋,是为不杀,取不杀之名,可表达我作为你幕后智囊,运筹帷幄的个人气质,滴血不沾亦能决胜千里。"

墨天泽:"我头一回听见有人将晕血说得如此清新脱俗。"

丹祈摸着下巴:"如今我没能成为魔尊,这说法讲不大通,真是可惜了。不过我觉着'不杀君'这个名号,我还是可以照用不误的。"

墨天泽:"表达你滴血不沾,不杀生灵的崇高志向?"

"非也,非也。"丹祈摇头道,然后朝自己竖起了大拇指,"此'不杀'之深意在于假使有人贪图我的财色,将我掳走,我就朝他大喊'我是墨尊者的人,你不能杀我'!"

墨天泽:……

墨天泽:"倒也不是不可。"

拾伍

随着实力的增强,地位的提高,墨天泽身边的人事纠葛越发复杂。

纵然他已尽力隐藏丹祈的存在,还是难免有人得知他身边有这样一人。知情的部下们纷纷劝说他,此人不可久留,魔界形势混乱险恶,一个柔弱的筑基修士放在墨天泽的身边,就是他的空门,是他最大的软肋。

墨天泽考虑良久,也很替丹祈的安危而担忧。他不在乎有人与自己为敌,也没想过丹祈会反手背刺自己的可能性,但他确实怕有人找他滋衅寻仇,将丹祈牵扯进去。

他最终决定在丹祈面前演一出旧友反目成仇的决裂大戏,将丹祈逼离魔界,和自己脱清干系。

拾陆

这个伟大的计划最终中途失败。

墨天泽前脚刚刚和丹祈翻脸决裂,后脚丹祈就在离开魔界的路途上感染风寒,病得气息奄奄。

没错,风寒。

听到暗中护送丹祈离开的部下传回这一消息，墨天泽脑子里只有一个念头，那就是离谱。他从来没听说过修士会感染风寒，更没听说过竟然还有修士会因为感染风寒，病到快要升天的！

气若游丝的丹祈又被连夜送回他原来的住处，锦衣玉食珍奇仙药地养起来，好歹是捡回一条命。

墨天泽迟疑了很久，终究还是决定去见他一面。病愈后的丹祈一如往日，对他态度不改，仿佛两人之间，从未发生过那场荒诞的决裂。

经此一遭之后，墨天泽明白了两个道理：

第一，他的演技水平在丹祈面前，属实拙劣到不堪一击。

第二，丹祈美丽、聪明，但在其他方面就是个废物。离开了他的精心养护，无法在外界独立生存下去。

拾柒

将丹祈接回来的墨天泽深深意识到了，让这个美丽废物加强身体锻炼的重要性。

"每天砍柴十担，不劈完不许做其他任何事情。"墨天泽严厉地告诫丹祈，"作为一个修士，你的身体素质实在太差了！风一吹就晃荡，说出去真给我们修魔人丢脸。"

丹祈含泪答应了。从此在墨天泽魔域集团中的地位由一个出售智力的顶级智囊，变成了劈柴挑水的底层苦力，身份可以说是一落千丈，凄凉无比。

身为魔修中的尊者，除了享受尊者相应的待遇之外，同样有与待遇对等的义务。

自墨天泽开辟魔域以来，就有许多魔尊向他发出过结盟的邀请。仙魔两界近年来皆已厉兵秣马，大战一触即发。他们许诺在即将到来的魔尊论战中黑箱一个名额给他，希望拉拢这位强势的魔修新秀。

墨天泽一边翻看这些或胁迫或利诱的邀请玉简，一边问部下："当了魔尊，就必须要带兵征讨修界？"

部下道："是。百年来，魔界的魔尊之间之所以不相攻讦，正是因为有论战协约牵制。而论战协约的内容，就是每一个获得尊位的魔尊，都必须在仙魔之战爆发时，领兵参与征讨修界的战事。"

墨天泽思考了片刻，想到一吹就飞、一碰就碎的某人，深觉自己不宜离开魔界太远。

他捏碎了这些邀约玉简，冷淡道："那这魔尊，不当也罢。"

天地生养的资源是恒定的。一个修士拥有了尊者的实力，就意味着三界中失去了一份能将一人栽培成为尊者的资源。

魔尊不是说不想当，就能不当的。然而考虑到大战在即，其他魔尊都不愿在这个关头内斗，空耗魔界的实力。他们只是向墨天泽提出了一个最低要求，那就是让墨天泽象征性地率兵参与仙魔之战的第一场战斗。

比起常年在外征伐，这个要求墨天泽姑且可以接受。他没有再

做推辞，点上魔将魔兵，便赴往交战前线。

一场大战打得昏天黑地，开山裂海。仙魔双方势均力敌，战事胶着了许久，连原本打算于第一次交战后举办的魔尊论战，都被迫推迟。

战争刚刚告一段落，墨天泽就迫不及待地向众魔尊辞行，从这场无底战事中抽身而出，赶回自己的魔域。他很记挂丹祈，不知道自己不在的时候，会不会有魔修为难丹祈。丹祈的身体在坚持锻炼之后，是否有变好一些，他在战场上缴获了很多修仙者的丹药，其中似乎有能为丹祈洗髓伐脉的。

他也不是完全不想当魔尊。哪个修士踏入道途，没有剑指长空、斩天裂地的豪情？只是不和丹祈一起获取这个名号，他总觉得缺了点些什么。

"不赦君""不杀君"，这两个称号并排放在一起，叫起来还怪好听的。

思绪万千间，他压制住内心的兴奋，以最快的速度赶回自己的地盘。

然而，呈现在他面前的，是一片生灵涂炭的焦土。

贰拾

"道修趁各位魔尊在前线作战的时候，遣出了数位大能，偷袭了魔界守备较弱的地方。不仅是您的魔域，其他尊者的魔域同样都遭遇了程度不等的损失。"部下如是向墨天泽汇报道。

然而墨天泽已听不清耳旁的声音。他眼中也看不到尸山血海，荒原骷髅，他振臂一挥，十指迸血，生生将虚空撕裂，一步千里，

跨入他给丹祈准备的院落中。

他和丹祈一起精心编制的阵法结界被撕得粉碎，院落中的木樨焦枯嶙峋，灵圃中亦是花木尽凋。他一时间忘记了自己是可以缩地成寸的魔修尊者，跟跟跄跄跑到屋门前，推开门，只看见一摊血肉在地上微弱地起伏。

战事之中无正邪。平日自诩正义的道修为了找出魔尊的弱点，也会擒走他的同伴，对其施以酷刑，威逼利诱。

丹祈那张平时很珍惜的脸被划得稀烂，墨天泽想轻轻碰一下，又怕他觉得疼；想要牵住他的手，竟然无法分辨出手在哪一处。

"他们抓住我，想要知道你有什么弱点，我可什么都没说……"丹祈发出含含糊糊的声音，"我说我就是个劈柴烧火的，我什么都不知道……"

"你……"墨天泽想说，你告诉他们又怎样，可是他说不出口。

他与丹祈互为短长。

他的弱点，他唯一的短板，除了丹祈，还能是什么？

"筑基修士，这一辈子，真的好短啊。"丹祈声音轻轻的，一说出口，便立刻消散在空气中，"如果修士有来生，我真希望自己无坚不摧，任何时候都不需要你为我操心。"

墨天泽道："好。"

"想和你一起上战场，所向披靡。咱们文武相成，一起开山分海，一统三界，做仙魔之上的霸主……"

墨天泽道："好，都可以。"

丹祈说到这里，咳了起来。

上气不接下气地咳过几声之后，他又呜咽道："对不起，我骗你的。修行好累啊，我不想再算计了……"

"咱们俩就做一对凡人知交好不好……你打铁养我，我给你劈柴烧火……"丹祈意识已经开始涣散，说话前言不搭后语，"不行……好累，我想休息……"

墨天泽伸手，轻轻合上他的眼睛。

"好，累了就睡吧。"少年魔尊哽咽道，"等你睡醒，便都依你。"

贰拾壹

魔尊论战在仙魔第一次交锋结束后，终于举行。

来自不同魔域的魔修各显神通，有的剑术卓群，有的蛊惑人心，有的一掷千金。场面混乱热闹，属实能当得上"群魔乱舞"四字。

老牌魔尊们心照不宣，联合起来打压想要冒头的新秀，又为约好投靠自己的新人大开方便之门。一场争斗下来，有居高临下屠戮与会之人的，有底层逆袭击杀知名前辈的，满场血影遮天。

这片残酷狠毒的土地，便是以这种决绝的方式，维持着他经久不衰的威名和战力。

就在论战接近尾声之际，一个匆匆来迟的身影出现在论战台场地之外。

伴随着轰然一声巨响，这个尚未夺取魔尊之位便被人以尊者相称的魔修新秀，踢开了论战台的大门。

贰拾贰

原本口口声声说不会参与论战的墨天泽，竟在最后一刻现身，以绝对强悍的姿态碾压所有论战者，最终夺得魔尊首席之位。这是

魔界所有修士始料未及的。

魔界的原则，便是以强者为尊。在见识过这位尊者的实力之后，众魔毫不犹豫地选择了臣服。

墨天泽理所当然地成了接下来仙魔大战中调度魔界兵力的总指挥，他将以往军纪散乱的魔兵整合成一支悍勇强兵，而后率领着魔族大军，以精妙的战术攻破了修界的防线。他用一种近乎疯狂的姿态劫掠了修界，魔兵所过之处可谓寸草不生。修界遭受了沉重的打击，险些被逼入破灭的边缘。

直到这场战斗结束之后的数百年，提起"墨天泽"这三个字，修界之人依旧两股战战不止。

贰拾叁

在这场仙魔之战尘埃落定后，大名鼎鼎的墨尊者带走了一大批铸器材料，丢下一句莫名其妙的"本座隐退了"，就消失在仙魔两界之人的视线中。

他卸下了自己的战甲，将常用的法器全部收进储物戒里积灰，只穿着一身布衣、背着一个轻便的包裹，回到了自己出生的江南小镇。时过境迁，凡人的市镇早已沧海桑田。他的亲生父母寿终正寝多年，后人也搬离了此处，家中祖传的打铁铺易手他人。

他花了一些银两，将铺子盘回来。又耗费了许久，习惯于厮杀的双手才重新找回打铁铸器的手感。

他打算铸一把剑。

说起来也是有趣，他身为一个剑修，修炼到魔尊级别，竟还没有一把真正属于自己的剑。少时入门窥境，是以树枝代剑，后来在

这 剑 晕 血

魔界逃窜，往往是捡到什么武器便用什么，时日不多又损坏丢弃，再从敌人手中夺取新的。

在丹祈死后，他更是无心铸器，一心钻研屠戮之道与战事兵法。倘若需要武器，只消伸手，便有无数神兵利器被送入他掌中。他竟从未思考过自己该有一把剑的事。

他砌薪开炉，在剑炉中引燃龙鳞异火。千金难求的天河石、一寸一城的星昀铁、有价无市的彩斓仙岩，这些足以让全修界疯狂的仙材被他不要钱似的砸入炉中。铁水流淌溢彩，渐渐地，一柄神剑的雏形在炉火中成型，修长秀美，勉强配得上他记忆中那人的形貌。

但这一切，都不能令他动容。

他小心翼翼地从储物戒中取出最后一件铸材，一坛骨灰，投入剑炉中——

对他来说，这才是真正价值倾天的珍宝。

贰拾肆

墨天泽万万没想到，即使是重生为剑灵，丹祈还是没有改掉他那晕血的臭毛病。

每每回忆起当年丹祈咽气之前，声音哽咽地说下辈子一定和他一起上战场，开天辟地，他就忍不住想笑。

凡间夜色须臾褪尽，天光大明。伴随着响亮悠长的鸡鸣声，剑堂门扉"吱呀"开启。

红衣的漂亮剑灵睡眼惺忪，在意识模糊之间，已经开始了自己一天的工作。他自觉地劈好柴，将分量恰当的柴薪塞进炉膛中烧好，然后"哐哐"敲打墨天泽的门板，凶巴巴地勒令他快点出来打铁，赚钱养家。

墨天泽一边答应，一边好笑地想：算了算了，这次是真的带不动了。

老老实实隐退吧。

至于荡平天下、一统三界的伟大理想，还是交给魔修新秀们去奋斗好了。

龙雀

赫连泊

龙雀

文 贺闲川

偏执阴鸷异族大魔王×自由悲悯刀界小天使

凡他所有的，便必须留在他手中；如果不然，
便毁在他手中。

龙雀

文、贺闲川

试图成为闲云野鹤。后来发现自己根本没有闲，打算改名忙川。Lofter@贺闲川

壹

他望见北方的天空蓄满了黑云。

不久前在晴空朗照下还轮廓清晰的山脊，如今已经被那团黑云一口吞了下去，徒留些消化未尽的骸骨边角，棱棱地戳出来。饮食方歇，那云壳上便裂开数道纤细银白的纹路，紧跟着从中滚出一阵阵轰隆餍足的雷声，声音像车轮子一样来回碾磨着草原。

他很少在秋天听见这样的雷声，倒不觉得恐惧，反而新奇。秋天是草原的好时节。秋草茂盛，又密又沉，若是立直了能没过他的腰际，现在正顺着大风一浪浪地拍打他的大腿。

他没见过海，听人讲过，没什么兴趣。草原上一样有起落的大潮，还不需要看月亮的脸色。他在绿浪中跋涉着，用两条腿和一双磨起了血泡的足。马儿昨日累死了，他自诩沾光吃了顿好肉，还接了一壶血，路上喝。

有时候他回想起来，会觉得自己的心里缺了点什么和恐惧关联的东西，这种缺失并不算坏事，否则他早就该瑟瑟发抖地被命运一把捏死。毕竟就在昨日，劫救他的那几个汉子叫追兵的乱箭射死了，只剩他一个人驭马逃出来；再往前数几天，他千里投奔父亲的朋友，却被对方转手打包送给魏国做礼物。噢，若是再回溯一个月，他便能想起他那匹让人削断蹄子的小马驹，想起死在敌军手里的父亲和母亲，想起那条被亲族的鲜血所涂红的长溪。

可惜他现在没有太多的工夫去悼念他们，因为雨马上要落下来了。这片草原是如此空旷，草原生他养他，却不能为他提供一处避雨的窝棚。好吧，就这样吧。他最后只找到一块凸起的石头——这绿海里赤黄的礁石。

赫连泊解下弓刀，窝在了石头背风的那面。雨停之后他要继续往东走，去找一个叫叵多罗的人。这是那帮救他的人告诉他的，叵多罗是一位有名的将军："他会收留你的"。

几点雨丝被风刮过来，他的手背上多了几条亮晶晶、凉丝丝的水痕。赫连泊往衣服上擦了擦手，抱着膝盖发呆。乌云没让他等太久，大雨哗地倾倒下来。

"你要被淋湿啦。"一个声音轻悄悄地说。

他僵了一瞬，猛地抽刀环顾。刀刃出鞘一寸，寒光在雨里闪烁。

"好了，好了，把我放下。"那声音又说。

赫连泊终于辨清了声音的来处，在上面！他抬头，有两只手高高地举在自己头顶。那两只手紧挨在一起，并成一把小伞似的，然而没有一粒水珠被他挡住。赫连泊无比真切地看见雨滴穿过他的手掌砸在自己鼻梁上，仿佛他的手掌才是一片乌云。

"原来挡不住啊，"那声音在自言自语，"都快忘了。"

循着那两只手，他看见一个模糊的人影，就坐在背后的石头上。然而他还来不及看清，雨水便灌进他眼睛里。一切都变得朦胧。

赫连泊提着刀跳起来，尽管他还睁不开眼睛："你是谁！"一大卷潮湿的牧草裹住了他的脚踝，将他扯翻在地。雨水无情地砸在他脸上，有种落拳的痛觉。赫连泊挣扎着背过身去，一条手臂被涂满污泥。

"你是谁？"他还在叫，然后被雨水呛进嘴里。

"我是……"那人影微微笑着，"我是你提在手里的刀。不过现在被丢进泥巴里了。"

雨声那么大，那道轻盈的人声却无比清晰地传进他耳朵里。赫连泊想，要么是那人疯了，要么是自己疯了。

"你应该把我捡回来，泥巴很脏，还有一股牛粪的味道。"

赫连泊当然知道那是什么味道，伏在草丛里低吼："闭嘴！"

"你要一直趴在那儿吗？"那声音纠缠地问。

赫连泊像被他踢了一下似的，手脚并用地爬起来，在几度打滑之后，浑身湿透地回到了方才蜷缩的位置。他还是试图去看那石头上的人影，但雨的确下得太大了。

那声音短暂地消歇，却又很快回来了："你……"

赫连泊在雨中咆哮："你能不能闭嘴？"

声音顿了顿，问："你要哭吗？"

赫连泊愣住了，过了好一会儿才慢慢地反问："我为什么要哭？"

那声音也被他问住了，同样过了好一会儿才再度响起来："你不应该哭吗？你的……父亲、母亲、哥哥、妹妹，嗯……还有那匹马，他们不是都死了吗？现在只有你一个人了。"

赫连泊感到胸膛抽痛了一下："所以呢？"

"所以你不应该哭吗？"

那声音忽然凑近了，似乎是俯下了身子，趴在了石头边。一缕头发软软地扫在赫连泊的衣领里，那是种奇怪的感觉，一种干燥的酥痒叠加在雨水下淌的潮湿中。

赫连泊打了个寒战，一定是因为雨太冷了。他回头，一只手轻轻托住了他的脸颊。

那白皙得仿若莹莹发亮的手指在他的脸颊上抚摸着，没有什么温度，但凉得很柔和。雨水不能打湿那人的手指，因而他在搜寻着什么别的东西，他缩回手舔了一下指尖，什么都没有尝到。

"你真的没有哭。"他惘然地喃喃道，"为什么呢？"

赫连泊感觉浑身的肌肉都拧在了一起，像一团麻葛般僵硬又难受。他终于看清了，那鬼魅般出现在他身后的人。在泄洪般的雨声里，他可以清晰听见自己的心跳。

乌云来去无常，南方的天际已经裂开了一道口子，夕阳从那儿被倒向地面，倾泻一片遥远滚烫的金色。风雨渐渐地消退，赫连泊起身，从泥泞里将刀拖出来。那长刀将近三尺，高到这十来岁少年人的腰胯。刀身不过三指宽窄，刀柄灰黑，刀刃一线笔直的银白色，看上去尤为纤长挺拔。刀柄下有一圈圆环，系了条脏兮兮的穗子。

浸过水的衣裳又沉又重，赫连泊有些吃力地拎着刀，爬到那大石头边。石头上盘腿坐着个汉人模样的青年，宽袍广袖，长发披散，未沾一滴雨水，好像壁画里衣袂飘飘的神仙。他支着下巴，看着赫连泊气喘吁吁的样子，像是觉得有趣，又仿佛在思索什么。

赫连泊恨恨地看了他一眼，把长刀扔在他面前。

"你真是这刀变的？"

"差不多吧。"他挠挠下巴，"我叫龙雀，不叫这刀那刀的。"他说着，伸出一根手指点了点刀背上浅浅的两处刻痕，"这里写了：龙、雀。"

"我不认字。"赫连泊说。

"没关系，我可以教你嘛。"龙雀冲他讨好地笑，"不过，你能不能……呃，教我一点别的东西作为交换呀？"

"你不用教我认字，"赫连泊说，"我要你教我报仇，教我做天下人的皇帝。到那时候，你要什么我都可以给你。"

"可是，这个……我也没有做过皇帝，也没有见过皇帝……我怎么教你做皇帝呢？"

赫连泊沉默了。

龙雀小心翼翼地打量着面前这半大小孩，尴尬地搓着手："我觉得，要不然……我们先认字，再做皇帝？我教过好几任主人识字，经验丰富，包教包会。你这么厉害，稍微学一下不就会了？你想想，哪有当皇帝不认字的，是不是？千里之行始于足下——"

他还没说完，赫连泊抬起头来，冷冷地瞧他："那你要什么？"

"我想学怎么做一个人，"龙雀竖起一根手指，把"人"字咬得很重，"你教教我。"

赫连泊第二次被他说得愣住，平生还从未听过谁要学"做人"的。赫连泊杵在那儿想了一阵，鬓边的一绺小辫还在滴水。雨彻底地停了。

"我……要怎么教你'做人'？"他迟疑地问。

龙雀昂着脑袋问："你可以先回答我，刚才你为什么不哭呢？"

"为什么？"赫连泊下意识地摸了摸自己的脸颊，那里残留着一摊眼泪般的水渍。他缩回手，舔了舔指尖，只有一股雨水的腥气。

他喃喃着，雨停后好像梦也初醒："对啊，为什么呢？"

叵多罗是个好人，不过一般来说，世道太乱之时，好人都不长命。

赫连泊握着刀，深吸了一口气。刀刃抬起，他在一瞬间回想起了当年：当年他浑身湿透地赶到高平城下，叵多罗从城楼上走下来，毫不犹豫地解下外袍裹在他身上。叵多罗站在高处，他需要抬起头才能看到叵多罗那副和蔼的神色——一种上位者的和蔼。龙雀非常高兴，跟他说：太好了，终于可以吃饭了！说得好像刀也要吃饭一样。

然而现在他的刀正悬在叵多罗的头顶，叵多罗需要抬头才能看得到他。叵多罗老了，皱纹堆在两颊，两鬓也苍苍，他曾经将后事嘱托给赫连泊。

也不算食言。赫连泊想。

"你——你这白眼——"

赫连泊转了转手腕，挥刀，一颗人头在"狼"字之前滚了出来。

血浇了满地，龙雀就蹲在那摊血泊里。他歪着头，非常认真地观察着周遭的一切，然后像个好学生似地向赫连泊发问："你为什么要杀他呢？"

赫连泊没有回答他，几个提刀的侍卫还环绕在赫连泊身侧，他们都看不见龙雀。赫连泊只是侧目看了他一眼。

龙雀困惑地眨眨眼："他不是对你很好吗？好人也会死吗？"

"收尸厚葬吧。"赫连泊朝侍卫说完，兀自侧过身去，将刀背架在臂上，抽刀勒血。他用刀精细，沾血后必然要擦净血迹。龙雀很欣赏这点，屡屡夸他是个好主人。

旁人看不见，但赫连泊确实是停在了龙雀面前。龙雀还蹲在那儿，仰头看着他，模样有点呆呆的。

"只有杀了他，我们才能靠自己吃饭。"赫连泊轻声说。

龙雀若有所思，赫连泊则越过他朝着刑台那侧走去。自从逃到这个国家后，赫连泊先是被叵多罗收留，又受了这里的王的赏识。王赐他兵马，派他镇守朔方，安定没多久，恰好碰着一个鲜卑人，带了八千好马，要向王上贡。赫连泊是爱马之人，见了那八千匹骏马如何还走得动道？机不可失时不再来，他索性劫了马，借口去城中打猎，一口气吞下了城，顺道杀了叵多罗。

赫连泊手里抚着长刀，眼里望着的却是城头新挑的大旗。那旗帜今早才挂，旗面崭新地招摇着，他眯了眯眼睛。

龙雀凑上来，踮踮脚越过他的肩甲，试图瞧瞧他在看什么。"那还是我教你题的字呢。"龙雀嘟囔。

他嘟囔完才突然发觉赫连泊已经长这么高了，当初草原上躲雨时，他还是个不到自己肩膀的小屁孩，如今风水轮流转，换成自己踮脚尖。龙雀有些愤愤，伸手戳他脊梁骨，被赫连泊转身拍开了。

赫连泊提刀下台，两侧的兵士便屈膝行礼恭送大王。龙雀摸着下巴，还在思考那裹着泥巴的脏兮兮小崽子是怎么摇身一变，成了这副拽样。之前在叵多罗麾下时，叵多罗天天夸他人高马大长得俊，赫连泊烦他烦得要死。龙雀跟风夸过他一句，得了个白眼：姿容这种好东西还是留给女人吧。

总之，新的旗帜终究是在叵多罗的尸骨上立起来了，赫连泊朝皇帝的位置迈了一大步。赫连泊毫无歇息的意思，这边斩了叵多罗，隔两日便带上兵马朝着鲜卑伐去。他好像离了马鞍就坐不住，刀总在手里，凡他所过之处，千军披靡。

龙雀跟着他，认真观察一个人要做些什么才能成为皇帝。可惜刀灵不能拿笔，否则龙雀一定会带上砚台和纸卷认真记笔记。"这样下一任主人要是让我教他做皇帝的话，我不就会了嘛！"龙雀如是说。

那时鲜卑人刚被解决。回去途中，大军营帐扎在山脚下，火炬点点连绵数里地。新王半夜无眠，忽然起意要去草原上跑马透气，侍卫拦他不住，只能望着他只身匹马出营去了。

赫连泊当然知道自己不是只身匹马。

跑出几里地，他俯瞰山脚下的火光闪烁，火把和群星似乎离他相同的距离，都是黑夜里张开的眼睛。他不知为何感到一种辽旷的寒意，唤了声龙雀，那衣袂飘飘的幽灵便现身在银白的月光下。光看他的模样，赫连泊其实很难想象他是一柄刀，那柔和的微笑，宁静如水的黑色眼瞳，哪里像是赫连泊怀中每日饮血的长刀——他出现在这里，更像一个被月光装饰的谎言。

"你……"赫连泊感到自己的声音颤了一下，"还没问过你为什么会在这刀里。"

龙雀打了个哈欠，抬头看走到中天的月亮："大晚上的你不睡觉跑这么远，就为了问我这个？"

"少来，真当自己要睡觉了？"赫连泊变了脸色，"我愿意跑多远就跑多远。"

"好好好，是是是。"龙雀糊弄地应着，倒头往草原上躺去。那绿浪一下便将他吞没。赫连泊翻身下马，随手折了根草梗把弄着，心不在焉地睨了一眼龙雀。

"我嘛，我也不知道。好像一直都是这副样子。"龙雀遥遥地望着星夜，月光下他的脸庞皎洁，"有的主人能看到我，也有的看不到……反正就是这样子。"

"你还有过几任主人？"赫连泊忽然道。

龙雀扳着手指数一二三四五，慢吞吞地说："好像有六个吧。第一个是打铁的，第二个是当兵的，第三个是吃闲饭的，第四个是读书……"不等他说完，便听见赫连泊冷冷地笑了一声。

龙雀觉得自从他当了王之后，冷笑的次数一日比一日多。可能这也是做皇帝的一个条件，龙雀默记在心。

"那是谁告诉你要学做人的？"赫连泊道。

"没有谁告诉我，"龙雀得意地说，"我自己想的。"

赫连泊蹲下来，故意将那根被扯碎的草梗洒进龙雀的衣领里，想着真该扎他几下。然而碎草屑飘进了龙雀的身体，最后洒进泥土。赫连泊这才想起他只是个"幽灵"，是月光的谎言。

"做人有什么好的。"赫连泊低声说。

"做人很好，可以拉弓射箭跑跑跳跳，还可以吃东西。"龙雀根本没发现他的小动作，转过头，一双眼睛闪闪发亮，"每次你们吃烤羊腿我都只能看着，喝酒我也只能看着，馋死我算了！"

"谁教你做人就为了吃东西？"赫连泊说。

龙雀哼了一声："刚才还没说完，我的第五个主人是个——厨子！"

赫连泊别过脸去，轻轻骂了句没出息。

龙雀伸出一根指头，在他胸膛上戳戳点点，抱怨道："你这就叫身在福中不知福，当惯了人不知道做刀的苦。天天被你挥来挥去，砍这砍那，腰酸背痛，黏黏糊糊……"

赫连泊一把擒住他的手，说："要是真的能选，我决不会再做人了。"

龙雀好像被他烫了一下似的，连忙把手缩回怀里抱着："你要干吗？"

"做野草被人践踏，做牛马被人驱使，做人就每天想着怎么跟人打仗。"赫连泊也学着他那样慢慢地躺到草原上，微侧着身子，手臂支起脑袋，露出少有的思虑神色，一丝怅然在他眉间彷徨着，"也许还是应该做鹰，一生自由自在，翱翔在苍穹下，风吹到哪便飞到哪，看所有的山川、草原……还有海。"隔了很久他竟又想起海。

龙雀难得地在他脸上找着"惆怅"这东西，觉得好奇，于是凑过去将他看了又看。他那异族血统的五官让常在中原流落的龙雀有种陌生感，陌生得很新鲜，主要是他长得的确可称英俊，不枉人们千百遍的夸赞。他仰着脑袋在看星夜，龙雀抓住他鬓边那条小辫把他扯得低下头。赫连泊皱起眉头，他浅颜色的眼睛看上去很通透，像两颗琥珀嵌在眼眶里。

龙雀躺在草地上，两根草梗从他额头上戳出来，如同两只小小的羊角。他拽着赫连泊的辫子不放，盯着那双眼睛仿佛入迷："怪不得之前的王爱夸你。"

赫连泊又发出一声冷笑："他？"

惆怅消散了，一层坚固的寒意面具般罩在他的脸上："从这里回去后，休整半月，再转攻岭北。十年之内，岭北和河东都会是我的。那里的王活不长了，等他一死，长安也不过是囊中物。"

他又开始讲做皇帝的事情。龙雀松开手，始终不能明白究竟要如何才能够做皇帝，只是惘然地看着他。

赫连泊忽而起身，回到马背上去。他把鞭子扬得很高，马儿嘶鸣，四野依旧空荡得深不见底。

"你不再看看星星吗？"龙雀站起来问。

赫连泊一言未发，调转马头，与他擦肩而去。

没过多久，新王便拿下了岭北三座城池，又转而讨伐河东。赫连泊在那场大仗里被暗箭伤了左臂。

龙雀亲眼看着那支箭飞来，大喊了一声快跑，倾身去挡，箭却穿过他的胸口扎进赫连泊的手臂。赫连泊神色镇静，一声未吭，挥刀斩了箭柄。

几滴血溅在龙雀的剑身上，他看上去很慌乱无措，两只手紧紧地捂着刚才被箭矢穿过的胸膛，仿佛他真的感觉到了什么一样。

然而那支冷箭根本不能阻挡赫连泊的步伐，也不能阻挡他的铁骑。他反而举刀高呼，跃马向前，领着两万大军追奔八十里，杀得对面片甲不留。治箭伤时龙雀蹲在一旁看。箭上有倒刺，伤口深而大，被取出来的箭头挂满血肉。赫连泊坐在那儿由着大夫摆弄，一动不动，两眼怔怔望着空处，只是额上一直汗流不断。

龙雀问他："你不疼吗？"又迷茫道，"为什么不跑？"

他也不说话。

他从来不会在有第三人在场时和龙雀说哪怕一个字。

"我有什么好跑的？"大夫走后赫连泊才开口道，"我不在了，谁还会打这一仗？"

龙雀想了想："可是你不疼吗？"他紧盯着那半支血红的断箭。

赫连泊不知道他哪里来的那么多问题，气得瞪他。龙雀老老实实地说："你衣服后面都打湿了。是不是很疼啊？"

赫连泊这才发觉后背有些凉意，却是被冷汗浸透了。

"是。"赫连泊终于说。

下属来报，说擒住了敌方几员大将，问新王如何处理。赫连泊说杀了，旋即又改口说绑过来。他流血太多，脸色有些发白，却不

肯休息，非要提刀出营。龙雀紧跟着他，便见几个被绑得浑圆的败将横七竖八地躺在营门下。赫连泊道一句拉起来，左右的士兵就将他们一一提起，摆出端正的跪姿架在地上。

"不必留俘虏了。"赫连泊淡淡地说。

戈壁滩上铺开一场屠杀的序幕，狂风呼啸，恸哭号啕。赫连泊肩头搭的那件外袍被吹得猎猎飘着，露出他垂下的左臂和右手掌心的刀柄。他抽刀，刀光陷进一截脖颈。

龙雀站在旁边看他杀人，看了很久，一直到金黄的戈壁都被鲜血浇得发黑发烫，到月出东山，银辉洒满残甲和断兵。

龙雀看着看着，突然指着他刀下的那人问："他是不是也会很疼啊？"

砍头是费刀的事情。龙雀话音刚落，赫连泊便发现自己手里的刀刃已然被磨钝，因此他没能斫开那一条头颈。那个小兵挣扎着爬了出去，带着后颈一道血痕爬了很远。他的胳膊磨在沙土上，又瘦又细，可以想象他是如何被装进一身大得漏风的甲胄里。

赫连泊停住刀，看向龙雀。龙雀的眼神清澈纯净，照例带着一点纯然的迷惘，全不知这一句话让赫连泊又出了一身冷汗。

赫连泊追上去，踩住那小孩的腰，听见老鼠一般的哭泣。他抽出腰间的匕首，在那纤细颤抖的咽喉上轻轻一割。血濡湿他的双手。

那一场仗胜得很漂亮，新王命人在战场上筑了一座陈尸的京观，将数以万计的骸骨堆积成腐臭的楼阙，用一块刻着"骷髅台"的石碑纪念。他骑马带兵离开，走了几里地远后回过头去，成群结队的乌鸦像一场黑色的暴雨，落在那楼台上。

龙雀的刀刃在杀戮过后被染上诡异的红色，那颜色似乎并非覆在刀面，反倒是从刀心渗出来似的，红得很阴暗，仿佛要提醒他刀上的血迹永不能洗去。

自那之后，龙雀不再像以往那般频繁地出现。

赫连泊有时会在战争的碎隙里察觉到某种空缺：总是住在他余光里的那个幽灵消失了。如果不是赫连泊主动去敲敲刀柄，他便能连着几日都不现身一次；就算出现了也不怎么说话，一脸思虑沉沉的模样。

然而赫连泊根本没工夫去过问一把刀的事情，他永远忙着打仗和准备打仗，靠着一场又一场的胜仗，靠着那些耸立的骷髅高台，一步步蚕食敌人的领土，奠定下他的江山。

等到他终于有些疲惫时，他停下来，决定在朔方之北、黑水之南的地方建立一座城池，名为"统万"——统一天下，君临万邦。

叱干喀猎为他驱赶着十万奴隶，在黑水河畔没日没夜地修筑这座城池。草原的歌谣里说，统万城的每一根锥柱下都钉着一具无辜的骸骨，每一块墙砖上都涂着凝固的鲜血，骨和血搭建起北地最宏伟的城池。据说只要在没有月光的夜晚，将耳朵贴在城墙上，便可以听见冤魂的痛哭，他们在咒骂这恢宏的奇迹。

龙雀曾以幽灵的姿态飘荡在统万城的上方，想看看是什么样的城池才能装得下一个皇帝的野心。当阴云遮蔽月亮，他便听见歌谣里的哭声，都不需要将耳朵贴在城墙上，哭声便从四面八方的高墙里溢出，黑水河的浪涛为它助鸣，整座城池乃至这片土地都因此而战栗。

龙雀试图抚摸城墙，可当他的指尖缓缓穿过墙面时，一股力量抓住了他。那是一只手，又不仅是一只手！无数冰冷的手指像蛇像虫一样，顺着他的指尖缠绕，巨大的怨恨力量似要将他拉入墙中。

龙雀逃回了王宫。

事实证明，无论多么豪华的宫殿也对治疗失眠无益。新王饰满金玉的床榻被一盏落地灯烛照得十分晃眼，他蓬头乱发，脸色有几分憔悴，呆呆望着那烛火出神。刀躺在他的手边，时隔多年，他也没有戒掉枕戈待旦的习惯。

龙雀无声息地出现在他身后，赫连泊并没有回头，却明显是同他说话："我做了一个梦。"

龙雀十指交握，努力止住自己的颤抖："什么梦？"

"我梦见……死人。"赫连泊顿了顿，似乎觉得这个答案显得太怯懦，没有再多说什么，只是干瘪地补了两个字，"许多。"

龙雀想，也许自己是进了他的梦。

他问赫连泊："你听到了吗？"

赫连泊倦怠地抬了抬眼："什么？"

"城墙里有好多人哭，他们都在叫你的名字。"龙雀说。

他的话令王陡然出了一身冷汗。赫连泊从榻上坐起来，眉头紧皱，一只手按在刀柄上。

"他们说你是暴君。"龙雀说，"暴君又是什么？"

赫连泊沉默了片刻："是皇帝的一部分。"

龙雀歪着脑袋想了想，赫连泊看到他的睫毛在烛光下扇动，像一只淡金色的小虫。他突然走过来，蹲下，拉起赫连泊的手。

他好像鼓起了多大的勇气似的，喊了一声"赫连泊"，又隔了半晌才小心翼翼地说："我和你商量一件事……你能不能不杀人了？"

赫连泊直勾勾地盯着他："为什么这么问？"

"以前我以为做皇帝的条件就是不准哭、不吃蔬菜、冷笑、大声骂人、写很丑的字，还有受伤了不能说疼也不能偷偷跑掉，"龙雀低着头，小声地数着，"但是后来我终于明白，原来做皇帝的条件只有一个，就是杀人。前面那些条件只能让你成为你，而不能让你成为皇帝——只有杀人可以。"

一丝动容在王的脸上闪过，他最后只是冷冷地笑了一声："你只是不想让我杀人罢了。你怜悯他们。"

龙雀哀伤地望向他："可是杀人的不该是刀吗？如果人也杀人的话，那人和刀究竟又有什么区别？"

"你觉得杀人是件坏事吗？"赫连泊轻声说。

"你疼的时候，他们不会疼吗？"龙雀伸出手指抚摸他臂上的伤疤，"如果我不希望你痛苦，那是不是也会有人不希望他们痛苦？"

赫连泊突然不说话了，他的沉默是一团阴云。一点轻柔的触感久久停留在那道丑陋的伤疤上，龙雀不安地抽回了手。

"你学会了一部分，龙雀。仅限于好的那部分。"

赫连泊别过头去，他侧脸的阴影像一道裂痕。龙雀似乎是蹲得累了，挪了挪腿，于是跪坐在地，仍旧仰着脸看他，眼神里有一种洁净的真诚。他的怒火浮起，继而熄灭，变成一摊死灰一样的平静。

不知道为什么，有时候他不敢看龙雀的眼睛。

烛影在墙壁上晃动，一簇火苗也可以幻化出千军万马的影子。赫连泊觉得这里是如此狭隘、逼仄，让他感到一种迫在喉头的窒息。龙雀忽然扯了扯他的头发。

"要不我们出去骑马吧？"

"我们已经不在草原上了。"赫连泊说。

"那就让马儿一直跑，跑回草原上去。"龙雀用一根手指绕着他微微卷曲的发丝，仿佛发现了什么好玩的游戏。赫连泊轻轻地拨开他的手。

龙雀冲他眨眨眼睛："不可以吗？"也不知道是在问骑马还是头发。

赫连泊将刀抽出来，放在枕边。一切对白都会在他的沉默里无疾而终。他又一次躺下，用一床锦被将自己裹住，侧向没有光的那一面。

过了好一阵才听见他说："你待在这儿，我要睡一会儿。"

声音沉闷，语气生硬。

龙雀支着下巴，回头看那盏烛台，原来那是一只美丽的、衔着蜡烛的铜鸟。

龙雀回过神来，说："好。"

叱干喀猎至今也不明白那天发生的事情。

新王委任他修筑统万城后不久，又派他着人打造兵器。督工向来是个肥油水的活计，也没有出征打仗的性命之虞，吆喝吆喝那帮子工匠，便能轻松愉快地博得王的欢心。他还记得那是个冬日，新铸的刀弓刚刚出炉，他邀请陛下前来验收。

前夜里刚下过一场薄雪，军器监外的空地上白茫茫的一片。

就在那片空地上，他为新王呈上他最得意的长弓。四个被劫掠而来的鲜卑俘虏穿着崭新的铁甲，让执鞭子的士兵一喝，吓得手脚并用地在雪地上窜逃。王是草原上远近闻名的神弓手，只见他拉弓，射箭，寒光直透甲衣，一只移动的靶子便被钉死在雪中。一旁的木柱上绑着铸甲的工匠，每当雪地里有一道人影倒下，叱干喀猎便在喝彩声中，砍下与那件盔甲对应的工匠的人头。雪地上溅开几团刺眼的红色。

这便是为什么大夏的兵器在战场上无坚不摧，大夏的盔甲又能刀枪不入。这以子之矛，攻子之盾的游戏时常展开，造弓的与造甲的总有一个要死。

今天是弓占了上风。

叱干喀猎看得出新王心情不错。然而不知道为什么，当第三个鲜卑人和第三名工匠前后倒下后，新王却忽地停住了动作。

他手中的长弓明明已圆如满月，箭在弦上，却迟迟未能射出。

这意外的凝滞好似一场将落的暴风雪，悬在众人的头顶，所有人都噤若寒蝉。新王紧锁着眉，他锋利的眼神注视着前方，但却并不是最后一个鲜卑人的方向。

一个奇怪的念头在叱干喀猎心中浮起，好像有什么东西挡住了新王的视线，拦住了他的箭矢，令他无法松开弓弦。

"滚开。"王说。

他声音不大，但所有的侍从都哗地匍匐在地。

"我的事情轮不到你管。"王冷笑。

叱干喀猎打了个寒战，他最恐惧的就是那似有若无的笑声——在他心里，那是某种灾难的预兆。

王转了转腕，箭镞向东偏了两分。他松弦，随着一声破风的嗡鸣，远处的雪地上传来鲜卑人的惨叫，长箭洞穿了他的胫骨。

"你以为这样我就杀不了他？"

王面色不变，从容地抽出第二支箭。

"或者说，你真以为我杀不了你？"他搭弓。

叱干喀猎把头磕得很低，眼睁睁地看着自己额头上的汗珠砸在雪地上，融出一个小小的凹凼。可是预料中的箭鸣并没有出现，他反而听见新王痛苦的咆哮声。叱干喀猎连忙抬头，他面前那不可一世的新王竟然捂着胸膛跌下了箭台，狼狈地滚了一身雪花。有人尖叫着护驾、护驾，士兵们一窝蜂地拥上来，却没人看到刺客在哪里。

说来或许没有人相信：刺杀新王的第一个刺客是一把刀。

叱干喀猎拨开人群冲进去，试图扶起他的君主，但是赫连泊一把甩开了他。

新王的胸口插着一把匕首，那无疑是他每日佩在腰间的匕首，谁也不知道它为什么会刺向它的主人。

那刀刃扎得并不深，但被拔出来的时候依然洒了一地的鲜红。

赫连泊满脸不可置信地望着面前——不是望叱干喀猎。叱干喀猎也不知道在他琥珀一样的眼睛里究竟倒映了什么，使他的面容变得如此狰狞而扭曲。

"连你也想杀我？"他喃喃地说。

叱干喀猎吓得一头栽倒在地，连声唤着"陛下冤枉""陛下息怒"。赫连泊抽出佩刀，将它狠狠掷了出去。那柄诡异的红色长刀几乎就贴着叱干喀猎的头顶飞过，然后沉闷地坠在雪中。

叱干喀猎瑟瑟地趴着，一阵北风卷了过来。

新王满头雪屑，艰难地在雪中跋涉着，好像在一瞬间他已年迈到鬓发斑白，身躯佝偻。他口中源源不绝地咒骂着，他被刺伤了，肉体之外的伤口，这令他不顾一切地越过叱干喀猎，捂着他流血的胸膛，疯狂地践踏着那把长刀。叱干喀猎听见他野狼般的低吼，是一个名字："龙雀、龙雀、龙雀——"

"你以为你学会了什么？怜悯？你可怜他们，为什么不来可怜我？"他踩着它的刀刃，敞着血淋淋的胸膛说，"你根本不知道痛苦是什么，死是什么，所以你只能学会好的那一半。然后将恨剩给我。"

他已声嘶力竭，喘着大口的白气站在那雪地中，忽然垂下了双手。血珠顺着他的指尖滴落，他的背影显得异常疲倦。

刀缄默地躺着。

王忽然将它捡起来，拖着那长刀，一路向军器监走去。

痛苦，死亡，他不无憎恨地想着。你不是要做人吗？你不是要背叛我，要可怜他们吗？那就去试试吧。

没有人胆敢阻拦他，新王提着刀踏入了军器监的大门。铁匠们都停下锤子，像一茬被风吹倒的野草那样齐刷刷地跪地。他双眼通红，眉睫结满霜花，杀气腾腾地走到那未合拢的熔炉前面。方才打开了这炉口的铁匠还没来得及将铁块投进去，现在正像狗一样伏在他脚边。

一股滚烫的热气吹动他散乱的头发，他眉睫上的霜花都融化了，水渍流满他的眼眶与双颊。

"你不是要做人吗？那我告诉你，人就不是什么好东西。天底下从来没有杀人的刀，只有杀人的人。"他说完，一挥手将刀扔了进去。

炉门"哐"地合拢了。

王呼吸粗重，胸膛剧烈地起伏着，他站在那里一动也不动，朝着燃烧的熔炉，渐渐露出迷茫的神色。他环顾四周，偌大的屋内竟像是一个人也没有——所有人都跪在他脚下，因而这里显得如此之空荡。

叱干喀猎悄悄躲在门外，只敢窥视，不敢入内。那疯了一样的君王忽然颤抖着双手抓向虚空，又向前，向着燃烧的熔炉。叱干喀猎失声叫道："陛下！"

王僵硬了动作。一阵哗然后，他看见一股深红色的液体从那炉门的缝隙中涌出，腥臭的铁锈味扑面而来，竟然是血！

熔炉"咔咔"地裂开了缝隙，乱云般的白雾向四面八方喷流，而那血水如同狂潮，贴着地面奔腾蔓延，转瞬就没过众人的脚踝，溢过军器监的门槛。

陛下！保护陛下！叱干喀猎嘶吼着，抽刀砍死了两个趁乱逃跑的工匠，踏着血水一跃而入。然而满屋浓稠的白雾让他什么也看不见。

就在他艰难摸索，寻找赫连泊的时候，他的陛下却蓦然从云雾中出现，与他擦肩而过，头也不回地向着屋外奔去。叱干喀猎大叫了一声陛下，转头追到雪地里，只见新王满身血污地跨上马背，提了一把长弓，纵马朝着城门而去。

叱干喀猎不无恐惧地想：王是不是疯了？但他不能说，他必须镇定。他派了一队亲卫骑马去追陛下，自己则再度回到被血水浸泡的军器监里，检查究竟发生了什么。白雾渐渐地散开，那巨大的熔炉如今已扭曲如一团废铁，仿佛曾有什么超乎他理解的力量从内部将它撑破，像蝴蝶撑破一个茧。

肆

在那如梦如幻的云雾里，赫连泊又看见了龙雀。除却胸口的疼痛外，一切都让他感到不真实。

自那夜后，他早已料到总有一天龙雀会阻止他杀人，但他没料到龙雀竟有向他拔刀的勇气。是的，是龙雀抽出了他腰间的匕首，刺向他的胸膛。那是龙雀第一次触碰到除他以外的东西，也许那意味着龙雀要成为一个真正的人了。

暴怒消退之后，赫连泊只觉得空虚。

这几年里他渐渐察觉到时间的存在，他知道自己在老去，而统一天下的大梦似乎越来越近，又似乎越来越远。一切都在改变，唯有龙雀什么也没有变，他只是一把刀，这么多年与自己相依为命最久的东西只是一把刀。

而现在，这唯一的一把刀也被他亲手焚毁。

龙雀拨开云雾朝他走来，这云雾令他更像从天上来的神仙。他依旧衣袂飘飘，长发漫漫，脸上浮着一抹月光般柔和的笑容，像是被描在一张画上，而那画纸正在被火苗侵蚀，开始卷角、崩裂，化作一捧飞灰。

赫连泊把发抖的双手藏在衣袖里，强作镇定地质问他："现在你学会恨了吗？"

龙雀遥遥地望着他笑，笑着摇头，说："没有啊……我太笨了。"

赫连泊终于无法再忍耐，嘶哑地喊出一声"龙雀"！但龙雀不接受任何的挽留，就这样在火中离散。可是比起他的消逝更令赫连泊无法相信的是，当那熟悉的刀灵形貌被烧毁之后，真正的龙雀似乎才刚刚开始显形——那传说中司掌风的神鸟。

王被镇在了原地。

它拍动双翅，云开雾散，一只神鸟赫然仁立在漆黑的熔炉上，鹿身蛇尾，羽冠飞扬，周身都流淬着晶莹颤动的火星。一种超乎人间造物的美环绕着它，妖异又神圣，诡谲而和谐，是在梦境里都无法出现的景象，赫连泊的呼吸都随它停止。它垂下长颈，那清澈的龙的瞳仁正脉脉地凝望着王。

"我要走了，陛下。风吹到哪里，我就会飞到哪里。"

赫连泊的声音颤抖着："你不能走。"

它并不听从新王的命令，展开翅膀，一跃而起，冲出这屋子便朝着东方翱翔而去。赫连泊跌撞地追到门外，夺了一匹马，死死地追着那神鸟，一路追出了统万城，追到东方的草原上。

马背的颠簸让他的胸口仿佛被撕裂般剧痛，他无法分辨那是否是一种真实的痛苦。大雪竟还在下着，冬季的草原白得没有边际，他落在苍茫的雪野间，渺小得像一粒芥子。

龙雀高高地飞在灰云堆积的苍穹上，它的羽翎与鳞片如此鲜艳，仿佛一颗太阳飞舞在冬日的天空。所有的一切似乎正在向上古回涌，苍茫的大地上，有人正迎着风雪追逐一颗太阳。他身无所有，全仰仗一副自生来便桀骜难屈的骨头。

凡他所有的，便必须留在他手中。

"你不能走。"他在风雪中低语，而后朝东方挽弓。

伍

叱干喀猎其实是个忠实的人，否则当年也不会冒着忤逆自己兄长的危险，派人劫下那个国破家亡的可怜小孩。当年的他可不知道，那丧家犬一样的小东西会成为将来定鼎天下的北方皇帝。叱干喀猎对此一直很得意，直到他死，他都觉得那是他这辈子最正确的决定。

那天，血水干涸之后，叱干喀猎命人敲开了熔炉的残骸。

炉火早就熄灭，在一堆灰烬和铁皮中，他挖出了一条银白如雪的刀胚，好像那柄暗红的妖刀里曾经储满了血液，而后血流干，便剩下这样一段洁净的钢铁。

新王昏迷在雪原里，被赶去的侍卫们救回后大病了一场，不过一切都尚有挽回的余地，叱干喀猎感到庆幸。新王大约是受了什么鬼魅的蛊惑，叱干喀猎当机立断，找来一批萨满和尚道士，三管齐下，整日绕着王宫施法。至于那天在军器监发生的事情，自然都被抹去，有的人闭上了嘴巴，有的人闭上了眼睛。

后来赫连泊让工匠用那条刀胚铸了一柄绝世的好刀，纯金的刀环上雕刻一只栩栩如生的龙雀，刀身上则镌着一段铭文：

古之利器，吴楚湛卢。名刀龙雀，名冠神都。

可以怀远，可以柔远。如风靡草，威服九区。

但直到赫连泊攻破长安，在灞上登基称帝，他都从未使用过那把宝刀。它被高悬在皇帝的御座之上，不像一柄武器，倒像一块刻满往事的墓碑。

渡沉

顾楚

梦阑

文 当垆卖拉菲的白二

养家糊口小掌门 × 墓里刨出来的恶龙剑魂

顾楚被对方身上的凶煞之气所震慑，扑通跪倒在地，
抱着对方的大腿，哀声叫唤道："祖师爷！"

梦阑

文　当垆卖拉菲的白二

资深搬砖人，擅长潜水，集齐七颗龙珠方可召唤并随机掉
落各类奇葩短文。

新浪微博@当垆卖拉菲的白二

顾楚挽高裤脚踩入浅水中，浑身起了阵哆嗦，只觉得这水冰凉透骨。稍微适应些后，他才就着弱光，用铁锹奋力挖起了水下的软泥。

说出来诸君可能不信，他来这鬼地方是为了挖坟，挖自家祖师爷的坟。

壹

顾楚是灵墟剑派的第七任掌门，而灵墟剑派，乃数百年前的剑修奇才应阑道君所创。

这位上达渡劫期的倒霉祖师爷不会想到，自己有朝一日，竟会被不肖后辈刨了坟头。毕竟灵墟剑派开宗立派后，也是风光过一两百年的。未曾想到了顾楚师祖那一辈，凶兽现世荼毒人间，各大修仙门派都封锁了守山结界，恨不得立时带着全派飞升，躲避灾殃。只有顾楚的师祖率灵墟弟子出世，镇压凶兽，之后更是以身相殉。

在那一战中，灵墟掌门、长老尽皆殒命，山中只留下些幼弱弟子。两只凶兽虽已被镇压，但它们的戾气终日笼罩在灵墟界外，将众人困死山中。在外，世人皆以为灵墟派早已湮于那场灭世灾祸中，不复存在；在内，这儿则成了个与世隔绝的灾村。

又因应阑祖师爷早年为图风雅，专为灵墟派选了个背靠玄川、面临沧海的绝佳观景宝地，搞得现在村民连找块种菜的地儿都难。

好在顾楚出生了。

不知为何，他自小便能冲破禁制，自由出入，全村生计的重担自然就落到了他身上。每隔些时间，顾楚便会往返镇中，采买吃食日用。可东西又样样要钱，要养活这上下数百口人，他变卖派中珍宝也终有穷尽之时，而他除了会点半吊子剑术，能卖艺或卖些苦力外，可以算是一无所长。

没钱意味着要玩完，入不敷出怎么办？

某一日，顾楚数着床板下稀散开的铜板，陷入了沉思。

也不知是哪道神光，劈中了他那糨糊脑子，让他打起了掌门墓藏的主意。

贰

顾楚生怕自己遭天谴，朝着几个方向胡乱拜了拜，神神念道："祖师爷见谅，我不是有意惦记您，前面还挖了五个，最后实在没办法，才来您这儿求生存。看在我灵墟派这一百三十八口人被困深山，已经快食不果腹的份上，还请莫要怪罪！"

闷头又深作一揖后，他吸了口气，就开始呼哧呼哧往下铲泥巴。

他在这咽晋渊底挖泥已有半日，后背上全被汗浸湿了，捞至腰间的粗袍也沾满了泥。精疲力竭之际，他靠着最后几分力气把锹戳了下去，没想到一阵力道猛然在锹尖爆开，震得他虎口间的锹柄瞬间脱手。

乌黑的水面波纹摇荡，底下传出低幽的吟啸声，隔着一层浅水，他方才一锹下去的地方有东西在发光。

顾楚狂喜，知道自己是挖到了什么不得了的东西。他生怕弄碎了宝贝，直接蹲下来动手刨。很快，柔软的湿泥表面露出一片莹莹的白，瞧着像颗颇大的珠子，触手微温。

顾楚起先刨得有些狠，被石子划破了的手渗出些血，那珠子沾了血色，光芒微弱地闪烁了片刻。

顾楚站直身，还没来得及捧着那珠子仔细打量，水底的吟啸声骤然势起，声威凌空，将他吓得趔趄，差点一头栽到泥水中。

见识他虽没有，但也听得出这啸声绝不普通。

两只凶兽不是还封印在山脚下吗，这又是哪来的这么爱叫唤的鬼东西？

顾楚心下一凉，贴着岩壁正要缓口气，手心却蓦然一紧，那拳头大的珠子竟直接顺着力道融进了他的手心！

也就在这时，他感到脚下震动愈烈，水流滚涌，贯耳的清啸转为锐利的剑鸣声，一束白芒自水底应声钻出，在他眼前疯狂地乱窜。

"咻！"

这一下竟是直朝顾楚咽喉刺去。

"别过来！"顾楚用手抵挡在身前，只见那束来势汹汹的白芒就这么撞上他这肉体凡胎，然后就……跟条细签儿似的弹了出去？

顾楚犹不可置信地抬手看了看，确认自己糊着稀泥一点儿没留

痕迹的掌心，心里琢磨着刚才那珠子是不是给手开了个光。

诡异的剑鸣渐渐停息，顾楚僵硬地抬起头，瞧着涉水逼近的黑袍人，恍惚地看了半天。

一双骨肉匀亭的手朝他伸了过来。"东西还回来。"那人像是许久没有说过话了，声音粗哑中带着威胁之意。

顾楚被对方身上的凶煞之气所震慑，扑通跪倒在地，抱着对方的大腿，哀声叫唤道："祖师爷！"

那人衣袍被两只泥爪扯着往下拽，神情连着身体一同僵硬起来，一双血色深浓的眼瞳冷冷觑着顾楚。

没等他反应，顾楚便忙不迭地膝行了几步，靠近了些，仰脸哭诉道："弟子姓顾名楚，本是灵墟第七任掌门。此番不是有意来惊扰祖师在此安寝，实在是门派遭蒙大难，您在天上一定看见了！现在灵墟上下男女老少，这一百三十八口人都靠我在外洗盘子、当街卖艺支撑着，眼看就要不行了啊……"

见对面没接自己茬，顾楚号了一阵后，悻悻地揩了把泪。

黑袍人一双浓戾眉目压下，像是忍无可忍，一把挥开了他的脏手。

"谁是你爷，快把东西还来！"

顾楚撒开了手，不解地瞧向他："眉心映有重水纹，赤瞳，织金云纹袍，村——门派里有您画像，那画除去脸部……稍欠风韵外，其余都跟您对得上，祖师怎么不认？莫非……莫非是嫌弟子不争气丢了您的脸……"说着他眼中蓄满泪，又抬手难过地揩起眼来。

黑袍人闻言，摸了摸自己额心，他睡了太久，只觉得脑中空白，有什么没记起来。可他也不会愚蠢到相信自己一条附身于剑的龙魂，会是什么创立宗派的祖师爷。至于那画像，就算的确与自己有过什么渊源，但他记不得，那便不作数。

要不是龙珠莫名钻到这小子手里去，自己哪会听他在这儿胡言乱语，必要一剑杀了他。

偏偏现在又动不得他。

"你既说本座是你祖师，方才我叫你拿出那珠子来，你为何不听？"

顾楚眼神悄然一转，瞧他满脸绷不住的怒容，不像是记起来事的模样，倒似顺水推舟假意哄自己把珠子交出去。

别说他现在不知道怎么把珠子弄出来，就算知道，那也是万万不能轻易交的。谁知道这人要到了珠子，下一秒是不是就得改要命了。

于是顾楚弱声道："珠子我不是不给，只是……我也不知道怎么取出来。"

"简单。"黑袍人狞笑道，"你自了结，本座剖尸，总找得到。"

他语气倒是轻飘，直把顾楚听得肝胆俱颤。

"这怎么行！"顾楚想了下，又改换嘴脸开始卖惨，"我意思是……我现在还养着一整个门派，怎能就这么轻易地撒手而去？"

黑袍人岂能不知他意思，面色发沉："不还？"

"嗯。"

"你！好大的口气。"

顾楚索性也不伪装，大声打断他："也不是没有别的办法啊！你想想，我也就这一个心愿！你能让灵墟派无后顾之忧，我不就随你处置？"

"怎么做？"

顾楚思忖片刻道："现今灵墟弟子受凶兽戾气所困，不能外出谋生，这是根本问题。你要是能彻底除去底下两头凶兽，那再好不过；还有就是，我走之前好歹也要给他们留些家底，万一他们在外打拼

不顺，好歹回去还有救济；再有呢，他们已有百年不曾入世，你能不能帮我照看着些，让他们莫被奸人所骗，走上歧途……"

到最后这人竟然还掰起手指细数了下："也就，这么七八件事吧。"

黑袍人深吸口气："你怎么不让本座直接庇佑灵墟千秋万载，一统人间！"

"啊？"顾楚眼前一亮，"这个也可以吗？"

黑袍人切齿未及，他又赶忙敛容正色道："那倒大可不必。"

黑袍人冷哼："事先说好，前两件事本座可以满足你，后面那些事，你真当本座是替你收拾烂摊子的？"

顾楚想了想，不情愿道："也行吧。"

叁

黄昏时分，薄暮暝暝，顾楚拿着柄长剑出了山谷。

路上他忍不住瞧了手上这剑一眼又一眼，南冥血石做的螭纹鞘，剑柄剔鳞，真就是祖师画像上的佩剑——渡沉。祖师爷应阑道君爱剑成痴，此剑据传是他斩龙炼魂所铸，黑袍人附在剑身上，如果不是祖师的话，会不会是几百年前被诛的沧海恶龙？

既如此，那幅被师尊和自己珍藏多年的枕边画像岂不是……

他思量间不由起了恶寒。此时，嫌弃声自身旁传来："把你这沾了泥的脏爪从本座身上拿开。"

顾楚翻了个白眼：拜托，我没嫌弃你是从泥巴堆里钻出来的就不错了。

到底争执无用，他还是默然将剑系在了腰带上。

在寒水里跪了段时间，眼下顾楚膝盖酸痛步态不稳，山路又多

坎坷，没隔多久剑又吵嚷道："晃晃晃，晃得本座脑袋疼！"

顾楚闭目吸气，攥紧拳头：我忍。

最后他将那骂骂咧咧的剑背在了身后，这才消停下来。

"阁下不是我派祖师，那敢问如何称呼？"

剑照旧暴躁："不清楚，随意。"

"剑名渡沉，叫你阿渡好了。"

"什么——"

顾楚半道截他话："你说随意的。"

随后他感到脖颈一凉，一根半透明的墨色长条缠了上来。

顾楚觑向肩上那头顶犄角、獠牙外露的乌黑小脑袋，惊奇地发现这长条东西还真的是龙。

"注意你跟本座说话的态度。"说罢那龙尾巴又勒紧了些，龙吟如雷贯耳，在他脑内回声久久不止。

顾楚满心凄凉："爷，你是我爷还不行吗？救灾渡厄的龙王爷，财神爷，你回剑里待着吧，我不说话了。"

那小黑龙听他这么说，才满意地缩了回去，瞬间消失在剑柄处。

灵墟山脚遍生毒瘴，常人踏足片刻便要毙命，顾楚也不知是个什么体质，从小病体孱弱，过这毒瘴却半点无碍。等他背着剑入了山门，早有俩小孩儿站在风幡边等候他。

"顾楚哥你回来了！"

他爬了两百多级石阶，气都还没喘匀，就被他们拉扯过去。顾楚对他们那点心思门儿清，摊开手无奈道："今天没去镇上，没糖。"

"好了，早些回去吃晚饭吧。"顾楚拍了拍俩小孩的背，"明天说不定就有了，对了，家里的粮食还够吗？"

"够！阿爹说在后山找到了好些七种颜色的大蘑菇，能吃几天呢！"

"打住！我不是说了后山那些东西吃不得吗？"顾楚一拍脑袋大骇道，"你们还没吃吧？"

"没有，阿娘不给做。"小孩还有些委屈，"说有毒。"

顾楚松了口气："得亏了你家阿娘心思明白，叫你们阿爹别再去后山了，毒虫猛兽不少，东西没一个能吃，挖回来的什么双头笋、血灵芝、七彩菇通通扔掉！"

"哦。"

"所以还是没吃的了，是吗？"

俩小孩低头怯声道："阿爹不让跟你说，可是……真的好饿。"

顾楚眼中一黯，轻轻搂住了他们："没事，明天哥哥就带东西回来了，你们先跟我回去，我那儿还有些饼。"

灵墟剑派内，原先供弟子修行的三宫七殿现在差不多都荒废了，独顾楚一人居住在掌门所居的沧澜殿内。

沧澜殿位于玄川之巅，原本就是应阑道君往日里用来观景的地方。只可惜那次大战后，玄川横断，万木枯朽，山中时不时就会狂风大作、沙尘扬天，所以顾楚平日都紧闭殿门。

今日运气不错，没有大风。顾楚倚在玄川边那棵枯死的桃树旁坐了下来，足下便是万丈深渊，他垂眼俯瞰着苍茫的人间。

渡沉剑被他搁在了屋子里，化形立在身后时，他也丝毫没察觉。他没正经修过仙，五识与常人无异，而那渡沉几乎是瞬移到了他身后。

顾楚悚然回头："你什么时候出来的？"

"本座看你真是愚蠢。"渡沉没接他的话，抱臂冷笑道，"竭一人之力蓄养这些庸碌等死之人，有何意义？"

顾楚听他语带轻蔑，不由心下生怒："若要考虑意义，恐怕我也活不到今日。师尊将我捡来时，我尚是恶疾缠身的将死婴孩，正是这群庸碌等死之人育养我长大。因果循环，我没觉得哪点愚蠢。"

没等渡沉再开口，他扬声道："明日与我一道下山。"

他转过身来，无视了对方那张阴鸷的俊脸，摸着下巴思索道："我看你身上这袍子挺值钱的……"

"放肆！"

顾楚算看出了他的色厉内荏，此刻珠子在自己身上他强取不得，所以只能端着个空架子，便也不怵他："我们之前讲好的条件，你要反悔不成？"

"本座这可是昆山天蚕衣，流水不蚀，重火难侵，转手卖给凡夫俗子，何异于暴殄天物？何况本座之后穿什么！"

"穿什么，自然和我一样穿粗布麻衣。你别看这麻衣不起眼，夏能蔽体、冬能防寒，差不了哪去！"顾楚扬起下巴，与他那双蕴火赤目直接对视，"或者你拿得出其他能卖个好价钱的稀罕东西也行。"

渡沉沉默片刻，从袖中掏出个锦囊扔了过来。

"这是什么？"

渡沉高深不语，这锦囊能纳乾坤，但其实他也忘了里面是些什么东西。他身上只有这个，就扔出来了。不过没过多久，顾楚的震天狂吼声就昭示了答案。

"财神爷！"顾楚两步走近，握住他的手就是一通狂摇，"你就是我爷！"

渡沉要的是体面，他只是想保住身上这件袍子，至于什么宝贝不宝贝的，他倒不是很在意。

当晚顾楚点着蜡烛，在被窝细数着锦囊里掏出的金银财宝，忍不住喜极而泣。

这辈子他就没见过这么多钱！

抱着身底下那些东西，他也不嫌硌得慌，准备就这么憨笑入眠，可很快中殿频繁传来的"哐当"闷响，吵得他不耐烦地起了身。

"你做什么？"借着烛火，顾楚睁大了双眼，只见木地板上被生生砸出了几个大窟窿。

肇事剑大刺刺地躺在大殿正中，扑腾辗转了几下，忽然腾空而起，一条碗口粗的黑龙就这么钻了出来，疾速直冲到顾楚面前。

"扑哧！"

黑龙鼻腔的热气在面前熨开，顾楚踉跄退后："你干什么！"

黑龙赤瞳放空，一人一龙相顾无言，过了好一会儿，那龙终于开了口："本座要跟你睡。"

顾楚脸皮发皱："你……我……这……"

"本座魂体需要龙珠安抚，否则夜不能寐。"

"啊……"所以那珠子是他的龙珠？怪不得催命般要自己还，只是就这么直白说出来，还真是心大。

"龙珠在你身上，本座要挨着你睡。"

顾楚听他这一本正经的语气，差点憋不住笑。这老龙不知道修炼多少年了，还要跟个孙子辈的人类挤着才能入睡……不对，这个说法自己有些吃亏。

"那你进来睡吧。"

转眼间，黑龙便用尾巴绞着剑身，一道游影般钻进了里屋。他

盘在榻上后，转瞬化了人形，冷眼看着这满铺的珠宝财物。

顾楚对他不加掩饰的鄙夷之色视若无睹，把床沿的金银一推，留出条窄窄的、目测刚好够一柄剑容身的地方："睡吧。"

人身的渡沉盘坐着，伸手抵住了额，脸色发黑。

"不是吧！你还想变成人一起睡？"顾楚难以置信。

渡沉不语，沉默间袍袖一挥，榻上东西消失干净，那锦囊已重新到了他手中。他将锦囊随手丢在枕边，身上华光一谢，黑袍褪去，只留了内里柔软洁白的亵衣，接着便躺下了，一双眼却没闭，目光炯炯地望向僵立在床边的顾楚。

顾楚无法，只能吹了蜡烛，硬着头皮躺在外侧背对着他。

又过了些时候，他听见了背后辗转反侧的动静，本想由他去，却没想那声响越发嚣张响亮。他叹了口气侧过身，瞧见黑夜里一双血光萦绕的凶瞳，他非但不畏惧，反而莫名平静，伸过手轻覆上那对沉骛不祥的血瞳："睡觉。"

对方终于安分了，可就在他昏恍欲睡的时候，忽觉腰上一沉。

睡意汹涌袭来，没一会儿，他便进入了梦乡。

梦中他不知身处何处，但见眼前狂澜掀天，隔着水帘，仿佛有什么东西在痛苦长吟。

一道身形缥缈的青影穿梭在水帘间，随着那人手中凌厉光芒一闪，弥天水雾轰然爆开，水帘后的东西也终于显现真容。那是一条虬髯黑鳞的巨龙，它在漫开的水雾间剧烈盘扭着身躯，最终落入了茫茫沧海。

青影则挽起长剑，收了攻势，翩然落于岸边。模模糊糊间，他看见那人的墨发在风中飘扬飞舞。

梦境不长，到后来顾楚便意识混沌，觉得周身受了紧缚，呼吸逐渐困难。

挣扎醒来时，他才发现自己身上竟果真缠上了东西。

渡沉犹在酣睡，黝黑的真身像麻绳一样，将他臂膊腰身勒得死紧。顾楚挣动了几下，发现根本动弹不得，只得望着床帐发起了呆。

沧海，黑龙，青影。

难不成自己梦见的，是这家伙被祖师爷一剑捅穿的场景？

"嗯……"那黑龙额头抵在他肩侧蹭了下，不知道是在做什么春秋大梦，还意犹未尽地嚅嚅发声。顾楚转脸朝下瞥了眼，觉得这家伙睡着的时候还怪可爱的，简直叫他快忘了这龙清醒时那副嚣张讨嫌的模样。

睡至日上三竿，渡沉方才悠悠转醒。睁眼片刻后，他才瞧见自己的状态，猛然弹开，冷下了脸。

顾楚平静道："别不认账，这得另外加钱。"

话音刚落，只听一阵风声掠过，那黑龙飞身而起，"嘎吱"顶开门，一下没了影。

这是个什么反应？

等顾楚拾掇好自己，提剑出去的时候，渡沉正靠在殿门口，周身散发出沁人的寒意。

"走吧，下山。"

渡沉的唇微微抿了几下，欲言又止，最后只是不甚自在地看了顾楚一眼，默然潜身入剑。

197

灵墟山脚不远处有一个莲湖镇，早些时候，顾楚便是在这镇上卖艺挣些钱。可莲湖镇地偏人稀，他耍的那几套剑法过了新鲜劲儿后，很快便没人看了。之后他又找了几家酒楼给人洗盘子，前些日子因为忙着挖坟，刚把工作给辞了。路过醉星楼时，那老板娘还问他回去不，说新来的那些人还不抵他一个的效率高。

顾楚心想：那可不，天底下还有谁比他更缺钱？为了多赚点，他可是计件收费，连个全勤都没有，就是玩命地洗。

不过他已经今非昔比了。

顾楚回绝了老板娘的殷勤招揽，掂量着手中鼓实的锦囊直奔粮铺。怎料路上又有人拉住他，热情道："兄台，我看你背上这剑光华浑然，当真不凡！可否将剑身借在下一观？"

顾楚以手掩口，靠近了些："嗯……你就说这剑能值多少银子？"

"怎么！胆子肥了想将本座也给卖了？"

顾楚惊得一抖，面前这人还在滔滔不绝地将这剑夸得天上有地下无，对于渡沉的怒吼根本没有反应，他才后知后觉，原来只有自己听得见那厮的声音。

"若在下出价，只这剑鞘便值千金数。"

"咳。"顾楚听得心猿意马，面上却不显露。

"愣着干什么，还不给本座走！"

罢了罢了，看在这龙给了他不少钱的份上……何况他又哪敢真卖？再待下去那恶龙钻出来，跟他闹个同归于尽就不好了。

辞谢了那人后，他独自走在路上低声道："刚才那人听不到你声音？"

渡沉：……

渡沉当然不会说出真相——只有剑主才能察觉渡沉存在，并且他隐约记得自己是有主人的。一道模糊青影在脑中模糊闪现，却不甚清晰。他想自己的主人可能是死了，也可能是将他弃于渊底，怎样来说，都是不可原谅的。

可他忘了，若那人真死了，死生一契，他作为渡沉便不该再存留这世间。

不过想来，顾楚是个意外，他吸收了自己的龙珠，能感知自己也不奇怪。

粮铺老板将百斤杂粮递到顾楚手中，他将那粮袋掂了掂，纳入乾坤囊里，表情瞬间明媚起来。

"睡了这么久，你不打算出来看看吗？"本来他只是随口一问，想不到身后的黑影竟真急不可待般化作了人形。

顾楚忍俊不禁："既然出来了，随我去吃个饭？"

渡沉见他那费劲低语的模样，道："你那些心思只要本座想听就听得见，闭嘴吧！"

"这么神！"顾楚摸着心口又暗想，"那是所有人的心声都听得见吗？"

……

当然不是。

"你该想的难道不是自己那些花招逃不过本座慧眼，从此不敢再心生歹念吗？"

顾楚一脚踏出粮铺，伸了个懒腰："没有花招，没有歹念，我这人挺真诚的。"

渡沉跟随其后，正午炽热的阳光让他有些轻微的不适，他蹙眉盯着眼前舒展完筋骨、低低哼起小曲儿的人。

"你看，钱财有了，粮食有了，等你除掉山下两头祸害，我的命就是你的了。你这龙遇着我这样诚实的好人真该千恩万谢，要是遇着了那些花花肠子多的，非要用龙珠再威胁你什么，保准骗得你连这身皮都不剩。"

渡沉轻蔑冷笑："你一开始不也打本座衣袍的主意？"

"那不一样，你听说过龙骨凤筋吗？这些东西在人间可是至宝，有价无市。我要真心黑，惦记的就是你那身筋皮骨肉了。"

人潮如织，顾楚当街回头，就这么迎光看向他。对方通透的身形提醒着他，眼前的渡沉不过是个投映人间的虚影。恍惚间，他听见熟悉的声音在耳旁响起——

"我对你来说只是手中剑，剑主杀伐，本就是罪业加身之物，是好是坏有分别吗？"

"可我也错了，我杀了人，那你便来替天行道，再杀我一次。"

"你在……说什么？"顾楚骤然失神开了口。

下一刻他才意识到，渡沉从始至终只是冷漠望着他，从未开过口。

顾楚在街边吃着馄饨，他觉得自己是魔怔了。渡沉坐在他身侧，见他心神恍惚心觉奇异："青天白日你是撞了邪？"

"倒不是。"顾楚囫囵吞下个馄饨，抚了抚胸口，"我发现自己有些幻听。"

渡沉没兴致听下去了，转而问道："忘了问，灵墟山脚是哪两只畜生？"

"朱厌和蛊雕。"顾楚侧身靠近，"你有把握吗？他们被师祖封印

日久，百年过去了，想来也恢复了不少。"

"不知道，本座很久没打过架了，另外剑魂要驱使本体，必须将周身力量全部灌注其中，本座也没试过几次。"

"啊？这么冒险的话就算了，别把命赔——"

"闭嘴。"

顾楚不忿："你这龙脾气这么冲干吗？我明明是为你考虑。"

"免了。"渡沉冷声道，"让本座准备些时日。"

顾楚正欲腹诽，却见渡沉横了他一眼道："骂了什么本座听得一清二楚。"

气得顾楚闷头狂咽馄饨。

是夜，渡沉没有回屋歇息，反而抱剑坐在大殿门槛上出神。顾楚点了两盏灯笼挂在殿前，在他身边坐下来："今天又不进屋睡了？"

渡沉睨他一眼。

"你睨我做甚？我床都给你铺好了，特地来请你上榻安歇。"

"本座在想正事。"

顾楚心生讶异："什么？"

"本座不过是一缕剑上龙魂，现在又失了龙珠，蛊雕尚且能够应付，但若对上朱厌那厮，想来也讨不到什么好。"

顾楚点头刚要说句"别勉强"，就被一阵出鞘声镇得闭了嘴。

渡沉拔出了剑，露出一截古朴无华的菱纹剑身，那剑锋芒不显，却在抽出的刹那发出强烈铮鸣，将风也撕裂。

他垂首抚剑："本座需要找个执剑人，不需要灵力境界多高，最

好精通剑阵。"

顾楚沉默了一会儿，指着自己试探道："你看我行吗？"

渡沉像是根本没考虑过他会毛遂自荐，眉头一皱，觉得他多半又是戏谑。

"我虽然从小修炼有碍，但这些剑阵、剑法什么的，我还是下功夫研究了一番的，师父都说我有天赋。"顾楚痴心地看着他手中那把剑，一时心烫手痒起来。

渡沉，那可是祖师渡劫期斩杀无数妖魔的嗜血凶剑。

可惜渡沉很快收拢了剑柄站起身："但愿你不是嘴上功夫。"

两人回了屋，这次换顾楚躺里面，渡沉似乎是想到今晨的囧事，也没与他太过靠拢。顾楚显然并不在意，裹了被子闷头欲睡。

半夜里，他又不出意料地被渡沉的折腾声闹醒。他睡眼蒙眬，手臂一伸，将那发疯的黑龙揽了怀中。如今他已知道了渡沉能探他心声，便也学会了偷懒，默默地在心里道：你在渊底化身为龙的时候，是不是就成天盘着你的宝贝龙珠睡觉，才养成了这个毛病？

隔着单薄的衣料，他的手触碰到了一片温热，那是渡沉的体温。

睡意昏沉间，他想：所以你还是真正存在的，哪怕只我一人这么认为，只要我还在世一日，你就算不得虚无……

手下的黑龙躯体微僵，终于没了动静。

又是梦境。

顾楚这次梦见了人形的渡沉，但与他印象中又颇为不同。

那人松垮地披着一身乌金云纹袍，长发散落开来，双目紧闭，苍白的面颊上半边都烙烫着乌墨色的浅鳞，额心是赤色妖冶的魔纹。

他整个人倚坐在一堆骷髅垒起的王座之上，身影隐于阴鸷可怖的黑暗中。

在他座下的是狞笑的群魔，它们咧开的嘴上挂着血肉的艳烈之色。此刻，这些不可一世的恶魔们虔诚地跪伏着，又忍不住去拉扯从王座上垂坠下的衣袍，伸出猩红的长舌舔舐，那画面疯狂而诡诞。

顾楚惊醒了，可意志又完全不为自己所控。他甚至能听见自己心声。

恶龙心境倒映入梦，坏他道心，若不理清这一切，来日必成祸患。

他闭上双眼，强迫自己重入幻境——

烈火蹿升的赤炎剑池中躺着一把已成雏形的剑，顾楚看见自己走过去，朝里面滴入了几滴腕血。光影数度明灭，忽然龙吟迭起，一道墨色的长龙盘绕上了剑身，一时间，他眼中只映有那柄剑，再容不下外物。

幻境中的他为那柄剑取名为渡沉，奈何渡沉剑中寄宿的龙魂生性戾煞，实在不祥，他原本打算将其锁于剑匣永世封藏。

顾楚心念微动，移步换景，幻境中已是另一片天地。

他倚靠着云瀑前那棵簌簌落花的桃树，眉眼低敛，轻拭着手中长剑。龙吟低晦，那清越的剑鸣之音简直叫他心醉神迷，这痴迷让他最后选择了用自己的鲜血，去净化剑中的戾煞龙魂。

再后来他的身边出现了一个与他印象重叠的黑袍少年，无数两人相处的场景汹涌而来，顾楚痛苦地抱住了自己的头。

"阿渡，最近我戒赌，好生收着这钱袋，待山下牌场倒闭务必还我。"

"收钱无用，我一剑了结了你，戒得不比什么都快？"

梦　阑

"阿渡，我给自己算了一卦，卦中道我最近几年命犯桃花，却也没见着哪位佳人同我眼递秋波、眉目传情，你以为如何？"

"我以为？我以为你有这个时间占卜姻缘，还不如趁早坐化！每日混吃等死，食色贪赌叫你占了个全，你修个屁的仙！"

"阿渡，每每站在这玄川云海之巅观景，你就没对我卓越的眼光有过些许叹服吗？"

"风景是好风景，坏在入了你的眼。"

……

每多看那黑袍少年一眼，他都觉得自己快要心脏爆裂而亡，可幻境中的自己分明又对着那人言笑晏晏。他看见幻境中的自己手执渡沉，破厄除困，经历无数危难，每次都是这剑中龙魂奋身冲前，为他战至力竭。

他们曾是掣肘之敌，亦是死生契友。

如果说幻境中与黑袍少年相处的人，正是渡沉的主人应阑，那这些事为何会重现在自己的幻梦里，自己为何能与梦中人同知同感？

他到底是谁？

顾楚从幻境中脱身时，榻上只剩了他一人，窗外是风沙的飞扬之声，碎石抨窗，顾楚掀被下了榻。

"阿渡？"出声后连他自己都吓了一跳，果真是梦中叫习惯了吗？

顾楚扶着门，看向外面飞沙走石的始作俑者。渡沉负手站在枯木桃树下，青丝高拢成一束，袍带紧束了腰身，长身玉立，万般风流。

他的面前剑刃凭空翻飞，捣得风沙旋涡般逆乱，恍惚间，此情此景与梦境相交叠，只是当日花瓣纷飞的桃树下已沙尘飞扬。

而他们照旧相对而立。

渡沉道："拿了剑过来。"

顾楚一阵心悸，拔剑朝他走去，渡沉在他手中发出铮铮嗡鸣，那是只有剑与主人之间才有的共鸣。

渡沉眼中闪过惊异，但他随即道："抬剑，会什么招式使出来。"

顾楚点头。

可他发觉自己根本无须过脑思虑剑招，那些招式行云流水便使了出来，与此同时渡沉铮铮作响，剑身竟显出血色。最后一击顾楚没来得及收力，转身斩向渡沉所在处。只见对方不躲不避，可他却收剑刃太猛，手腕急转，腕上生硬扭转下将剑直插入地，立时飞沙扬起，呛得他不住咳嗽。

渡沉连忙上前，提起他的胳膊斥道："你蠢吗？觉得我身为渡沉的剑魂，还会被自己的本体砍伤？"

顾楚眼神逃避，不敢看他："忘了……啊！"

他惊叫一声，眼泛泪花，脱臼的腕骨已被渡沉扭回了原位。

"自己拿着继续好生练。"说罢，渡沉与他错身走进正殿。

"阿渡。"

渡沉没应他，却停下脚步。

顾楚迟疑片刻，问："你还记得应阑吗？"

"你是说，将本座丑化至此的那厮？"渡沉转回身，手上已多了一幅粗糙的画像。

顾楚神色微滞，这不正是他藏于枕下的画像吗。

画像上落款处潦草地写着"应阑"二字，加之画中的人物手执渡沉，他师尊从沧澜殿翻出来的时候还喜极而泣道，自己找到了祖师流传下来的唯一画像。

可原来画的是渡沉。

渡沉指着那画中人物的脸道："你当初说的颇欠风韵，指的是这样？"

俩黑豆眼，画的一竖是鼻子，波浪是嘴巴。除了额心的重水细纹能辨上一二来，那脸简直是个笑话。

"那个……你不记得你的主人——"

"主人？"渡沉嗤笑，"本座若记得那人，那人还恰好活着，本座不介意当这世间第一柄弑主之剑。"

"他负了你吗？"

"别说得本座与他有什么情义似的！剑从其主，生死与随，他竟敢先违此契，将本座弃于深渊，本座必要叫他付出代价。"

顾楚见他咬牙切齿，倒似真恨，莫名有点心虚，道："也许是有什么苦衷。"

"你知道什么？"渡沉眉尾一颤，"你说……那人是死了吗？"

"祖师当初为了平乱，葬身在咽晋渊之下……你不知道吗？"

"葬身？"渡沉扭过头来盯着他，赤瞳生寒。

"你沉睡之处正是他坟冢所在，否则我怎会挖坟挖到那地方？"

"那更不可能，"渡沉笃定道，"他若不曾弃我，我与他生死同契，他死了我没道理还活着。"

顾楚再没办法开口，关于祖师和渡沉的事，他其实也不那么了解，只是梦中那些经历感染了他，让他生出些错觉，竟将自己代入了进去。

近来他发现，自己几乎每夜都能梦到应阑与渡沉二人相处之事，除此之外，还有许多应阑在外除魔卫道时的所感所想。梦中仿佛他便是应阑，知他所知，感其所感。

但今夜的梦又与平时略有不同。

梦中的他再一次成为应阑。在战斗中，他发现渡沉愈发不受控制，狂躁嗜血，而自己的血似乎已不足以压制他了。

"去哪？"

"别管。"渡沉挣扎间竟要现出龙身。

他只得祭出仙索捆了渡沉："还要去偷摸杀鸡饮血？然后是什么？人血、妖血甚至魔血？"

"我告诫过你忍住。"他将渡沉拉回内屋，一脚踹到了榻上，"剑身上滴的那些血你一点没受，跑去杀鸡是什么道理？"

"没用你就别滴，我跑去喝什么血你别管，总之没害人命。"渡沉气恼道。

他笑了："你以为你忍得住？"

"我再忍不住也不需要你那点血！"

梦中的他竟生出几分尊者的威严："我的血能清除你魂魄戾煞，你喝别的只能是助长魔性，还不明白？"

"我还要明白什么！哪怕是一只鸡的血也是血，命都是命，到你自己这儿就取之不尽用之不竭了？"渡沉陡然拔高了声，"你瞧瞧自己现在是个什么鬼样子，渡劫期的天雷一降，你不是飞升，是灰飞烟灭你知不知道！"

他叹气道："只是最近赌输，面色憔悴了些，你至于如此吗？"

"鬼话连篇！"下一秒渡沉爆开仙索，直接化成龙飞出了窗。

"阿渡！"

这一走渡沉便再没有回来，他所担心的事最后还是不可避免。

渡沉难抵诱惑，在魔徒的引诱下，饮下了魔血，恢复了魔龙血身。

应阑赶到时，满眼都是魔徒在兴奋地嘶吼，而渡沉的瞳孔血色已深，正在大肆杀戮，俨然入了魔障。

"阿渡。"他试着靠近渡沉，而对方痴愣了半天，才迟钝地从人颈间拔出利齿，薄唇覆满腥血。他看着自己的主人，惶恐地退后数步，想要遮掩却发现周身已浸泡了血腥，无从掩藏。

"别过来。"

"跟我回去。"

"为什么哭？"渡沉看他面颊落下的泪，显得有些无措，"我对你来说，只是手中剑，剑主杀伐，本就是罪业加身之物，是好是坏有分别吗？"

应阑摇摇头："你只是为了我，是我的错。"

"可我也错了，我杀了人，那你便来替天行道，再杀我一次。"渡沉说话间，腰间剑已然出鞘。

应阑静静望着他，也就在这时天边乌云涌动，天色彻底暗下来，云层间积聚起大簇的雷电，细光窜动在厚密的乌云外。

这是修炼者飞升的天劫。

狂风骤起，一道龙吟贯彻天地，身形陡然暴涨的黑龙在他头顶盘旋上绕，周身的黑鳞愤怒地翕张开来。

他要替自己挡雷劫。

那些原本追随在渡沉身后的魔徒又开始狂笑，声音诡谲，缭绕四周，似是嘲讽他的愚蠢。

望着手上光辉惨淡的渡沉，应阑终于下了决心，在劫雷劈下之前，他早一步动了手，将剑狠狠刺入了魔龙朝他暴露着的命脉。他毁了

渡沉这具新得来的魔躯，在他怨恨的吟啸声中将魂体重新召入渡沉剑内，而后将长剑刺中了自己体内那颗臻至完满的仙元！

破开云层的劫雷势如火蛇，刹那将天色映亮，数道惊雷像有生命般，寻着应阑所在之处，几乎没有停歇地劈下。山脉崩裂，显出一道长渊，应阑往下掉落时，周身还焠着雷火，承受着焚骨断筋之痛。

可他握紧了渡沉，仍在努力将仙元中的灵力强行渡入剑中——在灰飞烟灭之前，他要一次性将渡沉身上的戾煞清除干净。

剑身的戾煞伴随着尖啸声，被剔除出来，渡沉由龙躯重新化为人身。两人在暗渊中不知下坠了多久，等渡沉转醒时，应阑的身躯已快被雷火焚化，他的魂灵破碎在暗渊中，弥散成千万光影，拂过他的脸颊散去。

"应阑……应阑！"

渡沉想要扑上去，可那雷火却一次次洞穿他的身体。应阑死了，而失去魔身的他对于这具死躯来说只是虚影。于是他又想去抓留那些碎魂，可那些光影太多，也散得远了。

再也没有了。

他目眦欲裂，最后也只能吐出龙珠来，小心将手里捧的少许碎魂吸纳进去。

天光重展，风声未息，那天山中下起了雪。

渡沉为那具已不复存在的尸身挖了坟，躺进去的却是自己与那柄弑主之剑。

咽晋渊底，一条一指宽的黑龙含着颗光芒微弱的珠子，盘在剑上沉沉睡去，一隙天光自上方落入深渊，照在他身上。飞雪漫着清光，覆在了那一龙一剑上，越积越深，终是完全掩盖了这失了亡人的坟冢。

顾楚是被渡沉踹下床醒的。

"我昨天不是跟你说了，要去拿那两只畜生的吗？"

"阿渡，我……"

"睡得跟猪一样，你什么！"

顾楚觉得自己什么都想起来了，他压抑不住情绪，起身踮起脚，抱住了这骂骂咧咧、脾气暴躁的渡沉，感到手下圈抱的身躯已僵化成石。

"我说我们走吧。"

渡沉一脸迷茫地望着他，顾楚明白拜自己所赐，渡沉已经将什么都忘干净了。

前世为了不让渡沉在他死后失控，他在自己的魂魄上下了咒术，龙珠内的碎魂会侵蚀渡沉的记忆和残余的凶性，于是渡沉忘了所有，忘了他。

可他也不后悔这么做，毕竟他也不知道自己竟然还会有转世的机会。

他打算等制服两只凶兽后再讲这事。

两只凶兽被困于灵墟山脚的地牢，渡沉挥手斩了牢门外那些盘根错节的毒蔓，而后对顾楚道："待会儿你别出手，把这个拿好。"

顾楚一看，渡沉竟然塞了个爆弹给他。

"不是说好了我——"

"少废话。"渡沉蛮横打断他，"这里面我加了东西，你站在外面等，听到里面争斗声起就把它扔进去，听见没？"

"哦。"

他还是挺相信渡沉的，毕竟，这家伙已经学会自己那套搞阴招的把戏了。

他用脚趾想都能猜出来，这爆弹里面用了什么鬼东西——必定是他前世亲手调配的酥麻粉，虽然没有什么巨大杀伤力，但在干扰敌人方面还是百试百灵的。

他也不知道渡沉怎么还记得这个。

渡沉进去没多久，里面龙吟虎啸混着鸡叫就骤然响起来，动静搞得颇大。顾楚捏紧了爆弹在地牢外张望，知道里面战得激烈，逮着机会就把爆弹扔了出去，自己飞身跳远。

然后他发现，事情有些超脱他预料。

爆出的根本不是酥麻粉！

只闻一声砰然巨响，洞中血肉四溅，顾楚睁大了眼，敏锐地听出了那巨响中不仅有蛊雕和朱厌的惨叫，还夹杂着凄声龙吟。他顿时心神一乱，口中慌忙念着剑诀，想将渡沉从血雾中召出来。他伸手朝飞来的剑刃猛然一划，以血画出剑阵将爆弹的威力镇压下来，又飞身去接被气流冲出的渡沉剑灵。

一道精光自掌心飞出钻入了渡沉额心，顾楚渐渐凝起眉。

这蠢龙不知道在哪搞的天雷符碎成粉掺进爆弹里，险些就被炸得连最后这点魂都不剩了。

他刚破了掌中龙珠封印，将里面自己的魂魄从珠中释放出来操纵剑阵，连带着渡沉失去的记忆也一并归复，想必渡沉醒来又要大闹一场。

随着凶兽伏诛，山下的毒瘴也全部消散。时隔百年，灵墟又冲出雾瘴，重现于人间。

顾楚在榻边坐了一天一夜，手中捏着一枚月牙形的白鳞，良久失神。

这龙鳞是他在枕边发现的，轻微一抚，便传出了剑灵冷冷的声音——

"无耻小辈，答应替你除掉凶兽，本座定然说到做到。

"算你走运，当初本座是为了龙珠才应下此事，本该事成后取你性命，可现在想来，你的命也没甚稀罕，本座不要。纵然本座已不再记得清那人，但他既离世，我一介魄灵再苟存世间百载又有何益？想来就是再有千年万年也不过是虚无，这便宜便随你捡了。

"另外，那张画得丑鼻子、歪眼儿的鬼画本座已自行毁去，不过本座也不是不讲道理，那既是你祖师遗墨，本座便将这龙鳞赠你，虽不能拿到世间去用，却能炼药铸剑……

"最后，我死后，遗剑望复归咽晋。"

复归咽晋……所以他原来早就想好了，要在与凶兽之战中殉主求死？

顾楚眉皱得越发深，可在瞥了一眼桌上被来回叠了好几层的画纸时，终究是轻笑着摇起头。

他从渡沉的黑袍衣襟下，找到了这幅所谓"被毁去"的画。当时画被藏得严严实实，连边角都不曾焦。而苍龙的全身上下只得这一片异相而生的逆鳞，却被那人轻描淡写地留给自己来炼药铸剑。

虽说他千百年都改不掉这口不对心的毛病，不过和之前相比，倒真大方了不少。

灵墟的村民们察觉了山脚禁制已破，毒瘴消退，窗外已是欢声笑语一片。

村里那两个孩子跑过来告诉他这消息时，却见他正面目憔悴地盯看空荡的床榻，眼神中似含着些望穿秋水般的幽怨。

"顾楚哥，你是想姑娘了吗？"

顾楚脸色一变："小孩子乱说什么？"

"每回阿娘出远门，阿爹在家就是这种眼神啊。"

话很在理，于是顾楚将俩小孩轰了出去。

回来时榻上的"姑娘"醒了。

"应阑……"

顾楚沉了口气，走到床边："我在。"

渡沉吃力地撑坐起身，眼前模糊地映出顾楚的脸，他伸手摸了摸，被顾楚一把握住手腕："摸了要收钱。"

渡沉眉头一紧，冷笑道："果然是你这混蛋。"

"我可是听说，你为我这混蛋守了七八百年的空坟哪？"顾楚脸上掩不住的得意。

骤然被人揭了痛处，渡沉冷哼道："瞎了眼认错主罢了。"

"是吗？"顾楚在他身边坐了下来，"知道我为什么还能投胎吗？"

渡沉怔了怔，是啊，明明魂魄就是在他眼前散的，又明明受损的魂魄将永困在鬼都，难入轮回。

所以他是怎么回来的？

"因为鬼都阎王说咽晋渊中有一条龙怨气冲天，恐他再入魔道，为祸人间，便勉强把我魂魄拼凑上送来轮回了。"

"鬼话连篇！"

"等你醒来的这些日子，我把轮回后这几百年的记忆都想起来了。

灵墟七任掌门，我在这儿耗了三世，上辈子诛杀九婴陨落之时我心中尚有遗憾，这辈子挖坟总算把你挖出来了，想来我在阎王那儿也可以交差了。"

渡沉生怕他是在交代遗言，打断道："闭上你的狗嘴！"

"不是不相信吗？怎么又生气了？"顾楚笑得轻佻，随后他便被一把搂住了肩头。

"鬼都阎王敢把你要回去，我便再入一次魔。"

顾楚忍不住发笑："你敢。"

"我敢。"

数年光景过去，沧澜殿前桃花重开，树下剑影依旧，人亦依旧。

戚南堂

烈水

定风波

文 铃铛铛

低调可靠大将军 × 高调狂拽小屁孩

他是一支枪，生来就应该被握在一双坚定的手中，

永远一往无前，宁死不退。

定风波

文 ❧ 铃铛铛

隐藏在咖啡馆中的文字耕耘者。
挖坑快，但填坑慢。坑很多，但都是 Happy Ending。
Lofter @ 铃铛铛（ID: ravencao）

壹

　　天擦黑的时候，雨势更猛烈了。穿林打叶的风雨声如海潮般漫过山岗，淹没了山腰的屋舍。

　　戚南堂坐在炉火旁，身上还在不停地淌水。他是冒着大雨来的，先从棹山乘船，再一路快马加鞭赶到这里。他解开带来的长条布包，三层油布裹得密密实实，里面装着一包银子，还有一支枪头开裂、枪杆已经断为两截的长枪。

　　他抹了把脸上的雨水，看向坐在对面的老人。这人名叫姚臻，能见器灵，手艺了得，是远近闻名的铁匠。数年前为避倭患移居山中，很少与外界来往。戚南堂费了一番功夫找到他，是为了救自己的枪。

　　姚臻细细打量着断枪上的裂痕，没有伸手去碰："戚将军，这枪已经不行了，难救。你还是换一支吧。"

　　"不换。"戚南堂道，"小水还活着，我得救他。"

他说得平平静静而不假思索，姚臻听出了其中的执拗，叹了口气："一个虚影罢了，像他这样是不能算活着的，之所以到今日还没消失，是因为枪上碰巧沾了你的血气。凡是认了主的兵刃到了这个地步，若还想强留，便只能拿主人的血来供养。喂一次血能撑七日，但少则七七四十九天，多则三年，枪魂还是会散。"

戚南堂垂下眼睛望着断枪，沾满水珠的浓眉不自觉地蹙紧。这支枪跟了他八年，四处征战，历尽风霜。如今还能随他上阵杀敌，已是格外爱惜和精心保养的结果。可是戚南堂怎么也没想到，这支长枪最终会折在倭刀的刀刃下。

他心有不甘，神色难免透出几分沉郁。锐利的目光掩在漆黑的睫毛下面，像藏而不露的刀锋一样，沉甸甸地含着冷意。在他心情不佳的时候，他手下的兵没人敢被他这么盯着看。

"我知道你有办法。"他很快又看向姚臻，抬眼时多余的情绪已被收拾干净，语气恳切，"只是我的俸禄不多，手头也没有值钱的东西。你开个价吧，我有多少就先给你多少，不够的我再去凑。"

他说的是实话。戚家穷，他没有私产。军中更穷，铸兵器、练新兵都需要银子。他天天盼着上面拨银子，可银子总是来得比倭寇慢些。从小父亲就教他清廉之道，可没有银子就打不了仗。今天为了来找姚臻，他身上的银子还是几个弟兄帮他凑的。

他已经想好了。只要姚臻肯救他的枪，钱财、珍宝，他都可以想办法弄来。那些从前不屑去做的事，他都可以做。有时候人必须学会妥协和周旋，否则别说是打仗，他连自己的枪都救不了。

他耐心地等着姚臻开口，可姚臻却沉默地望着炉火，良久才道："戚将军，我不要银子。我要十五颗倭寇的人头。"

戚南堂微微一怔，又听他道："我姚家十五口人都死在倭寇手上。

219

我老了，卫所不让我上阵杀贼，我就去军中做了铁匠。我日夜赶工，给他们打最好的兵刃，可他们竟然见了倭寇就逃。我等了一年又一年，倭寇越来越猖狂，官军却一年比一年没用……戚将军，你要救你的枪，就拿倭寇的人头来换吧。我只要十五条命。我要用他们祭奠我的家人。"

"好。"戚南堂没有犹豫。对他来说，杀人不见得比筹钱更难。他眼前只有一条路，他没得选。

姚臻见他答应了，又道："这十五颗头须是你亲手砍下的，须是倭寇的头颅，不得用别的头颅来充数。"

戚南堂本已准备起身，闻言顿住，语气冷下来："你不信我？"

"不是信不过你，是信不过官军。"老人抬起脸，坦然又漠然地与他对视，"官军年年溃逃，却总有些人能领到军功。戚将军，你不会不知道他们是用什么人的头颅去领赏的吧？"

戚南堂当然明白姚臻指的是什么。自有倭患以来，沿海百姓被杀者数以十万计。这当中有多少是被倭寇杀害的，又有多少是被官军斩首充了军功的，恐怕只有老天爷才知道。

他长在登州，从军十余载，听过也见过比姚家更凄惨的故事。提及倭寇的残忍与官军的腐朽，他的思绪堆积如山，但在姚臻这样的百姓面前，他从不为官军辩白，更不会轻言军中的难处。

他问："那你要如何才肯相信，我斩下的确实是倭寇的头颅？"

姚臻缓缓起身，从墙边取下一把短刀："你带着我的刀去，用我的刀取倭贼的性命。你是否诚实，我的刀会让我知晓。"

戚南堂起身接过，将刀拔出三寸。只见刀锋含光，锐意逼人，是把难得的好刀。收回鞘里又看了看，刀柄上刻着一个"姚"字。

狭小的屋舍内没有人再开口。戚南堂将断枪重新裹好，布包背在背上，短刀挎在腰间，大步走进了雨中。

贰

直到回了棹山大营，戚南堂才得知自己和虞总兵已经被朝廷免了职。圣上责令二人戴罪立功，限期一月攻下辰港。

他马不停蹄地回大帐接了旨，又召集众将部署一番，这才得以休息片刻。他刚把帐中的亲卫屏退，就听一个声音唤道："哥。"

这声音不似往日响亮，几乎被稠密的雨声盖住，但戚南堂还是敏锐地捕捉到了。他的枪很懂事，当着外人的面从不质疑他的决定，但刚才枪魂在姚臻那里一直不现身，他便知道对方未必同意自己的做法。

那声音静了一会儿，果然道："哥，要不咱还是算了吧。"

戚南堂没有应声。他把一身湿衣服换掉，凑到火炉边烤火。

"哥……远靖哥哥。"

那声音没等到他的回应，自己说了下去。

"我知道你心里想着我，但这辰港的倭寨你也看到了，三面环山，只一条小路通海，没别的入口。虞总兵啃了半年都没啃下的硬骨头，就算咱能啃下来，这一战要付出多少代价，哥哥你心里最清楚。

"说什么只要十五条命，说得倒容易，姚臻又不懂。倭寇又不会自己往刀口上撞，你是主帅，怎么能让你亲自带兵去冲！这些年，沿海的百姓谁家没被倭寇祸害过几条人命？他只想着报自己的仇，图自己活得不那么歉疚，他为何不想想有多少弟兄和百姓的命牵在你手里，要是你有什么闪失，整片沿海的老百姓都得跟着遭殃！"

"小水，"戚南堂拿起火箸拨了拨火，"人都有私心。姚臻有，我

221

也有。我有求于他，替他办事是应该的。眼下打仗的事你就别管了，顾好你自己，撑不住了就说。"

他不松口，那声音有些急了："哥，你听我一句劝，别拿自己的命去冒险。他要报仇就让他自己去报。我怎样都无所谓，但不能把你也搭进去！"

"你无所谓？"戚南堂面色微沉，撩起眼皮看了断枪一眼，"你觉得劝得动我吗？"

"怎么劝不动？"那声音噎了一下，"哎，哥，你以前可不是这样的。"

"我以前什么样？"

"你以前都听我的！"

戚南堂突然笑了。他起身离开火炉，坐到榻边。那里有一个沙盘，是他自己堆的，比升帐时用的要小一些。每天睡觉前他都会摆弄一下，独自琢磨琢磨。他坐下来若有所思地看着沙盘，现在他身上已经暖了，心也慢慢静了。熟悉的说话声非但不会让他觉得吵，反而能让他放松下来。

"我以前就是太惯着你了。"他一笑，周围的气氛就变得从容而闲适，"就该让你去伺候老虞。不出一个月，保准治好你的毛病。"

"我没毛病！"那声音愤愤地叫道，"我也不稀罕跟着虞总兵。哥你知道的，别人的人我都不服，我就服你。"

"你不是挺佩服他的棍子吗？"戚南堂问。

"那是我给他面子。我怕我真把那家伙戳断了，你在军中不好做人。"

戚南堂敲着沙盘里的石子，笑笑没有作声。那声音又道："要我说，这姚老头就没安好心。亏他还在军中打过铁，他竟然不知道拿短兵

和倭刀硬碰是要吃亏的。虽说哥哥刀也使得好，但他那刀还不及二尺，他逼你拿他的刀去对付倭寇，不是坑你是什么！

"连我都被劈折了，谁知道他的刀靠不靠得住！"

戚南堂眉峰一挑，适时地开口："目前军中的兵械确实不适合与倭寇作战。将来你回炉的时候，让姚臻把你的枪杆加长一点，枪头也要改改。"

这念头在他心里已酝酿了不少日子。海防卫所器械老旧，兵不堪用。要彻底赶走倭寇，练兵、阵法、武器，都需要新思路。长枪在过去与倭寇的战斗中处境尴尬，本是杀敌利器，奈何被倭寇的打法牵制，他的枪也是因此而受伤。为此他正在琢磨一套阵法，让长枪能发挥出真正的威力。

"我才不让他动我呢，"那声音道，"要是改坏了，我岂不是生不如死？"

"有哥在，坏不了。"戚南堂笑道，"姚臻的刀能听见你说话吧？你就不怕他回去告诉他主人？"

"他尽管去告诉，我就是要说给他们听！"

"小水。"戚南堂突然唤了一声。他这声唤得沉，唤得郑重，脸上的笑容也随之消失了，帐子里顿时安静下来，只有淅淅沥沥的雨声延绵不绝。

"打仗是打仗，救你是救你。你说得对，这里的每个人都有血债，现在我也有了。所以我更不能就这么算了。"

他拿起一旁的断枪，伸手向枪尖抹去。长枪的枪头虽已开裂，锋刃却依旧锐利，只轻轻一碰，枪尖便染上了血色。

"辰港必须要打，答应姚臻的事也必须要办。你老老实实地待着，多的不用去想。哥在一天，就有你一天。哥拿命养着你。"

他话还没说完，沙盘对面就渐渐显出一个人影。少年看上去一点没变，依旧是眉清目朗、顾盼有神的模样，只是那身影淡如薄雾，仿佛风一吹就会散了。他望着戚南堂，就这么目不转睛地看着，脸上既没有重伤濒死的哀戚，也没有丝毫不甘或是不舍的痕迹。

"哥，从前我过得浑浑噩噩，自诩聪明，其实糊涂。自从跟了你，才总算尝到认真活着的滋味。

"虽说眼下没一件事顺利，但我知道这些都难不倒你。只要你好好的，无论是南方的倭寇，还是北方的俺答，都不是你的对手。

"我已经活得够久了，可你的日子还长着。你是国家未来的战神，注定要成为名垂青史的英雄。能跟你到今天，我很知足。

"哥……我已经没有任何遗憾了。"

戚南堂面沉如水，默默地听着。将熄未熄的炉火照亮他身旁的一小片地方，朦胧的火光投入那双压抑着波澜的眼中。

"戚小水，"他慢慢说道，"你没那本事，就别把什么错处都往自己身上揽。辰港久攻不克是你的错吗？伤成这样是你愿意的吗？你说姚臻自私，我看你也一样。就为了图个痛快，你宁肯丢下我，自己去死。"

少年怔怔地与他对视，到了最后，眼中忽然流下两行泪水。但他是魂魄，本无泪可流，因此那泪水也并非眼泪，而是两行殷红的鲜血。

"远靖哥哥……是我对不住你！"

少年缩起身体，再也抑制不住喉中的哽咽。

战魂末路，声恸于野，营中的数千兵刃为之感应，低沉的嗡鸣声响彻雨夜。

"小水，"戚南堂垂眼看着自己的枪，他的声音已经缓下来，可

脸上依然残留着不近人情的冷厉，"过了这道坎，哥今后还听你的。但你若还想跟着我姓戚，就把这句话嚼碎了咽回去。"

叁

八年前，戚南堂在京师一间破旧的库房里遇见了戚小水。

落满灰尘的长枪被年久失修、残缺破损的战具遮挡，只露出了一小截枪杆和一点枪尖。戚南堂放眼望去，被前面的一对双刀吸引了注意。

戚家世袭军职，这库房里的兵刃他大都精通，不过说到偏爱，他还是更想选一支枪。他俯下身细看，发现那刀已经有些卷刃，正准备换个地方再找，却忽然在刀具的缝隙里看见了已经掉漆的枪杆。

戚南堂只看了一眼，便知道这枪杆的工艺绝非普通长枪所能拥有。他伸手握住枪杆，想把枪抽出来，不料聚力一提，那长枪却纹丝不动。

戚南堂皱了皱眉。挡住长枪的都是些轻兵软甲，就算枪杆真的被压住，也不至于如此沉重。他盯着长枪看了一会儿，开始清理那些碍手碍脚的战具。直到他与长枪之间再无阻隔，他才又伸手朝那枪杆抓去。

"哎，哎哎，谁让你动了？你别碰我！"

一道响亮的声音在他身旁炸开。他回头一看，就见离自己很近的地方站着个披甲的少年，不过十六七岁的年纪，一身铠甲破旧不堪，可态度却高傲得很，正神气十足地瞪着他。

"你谁啊？当兵的吗？什么军职？哪一军哪一营哪一卫的？你们队长是谁？谁让你进来的？没有令牌就擅闯库房，抓住了可是要打

板子的！你该不会是个贼吧？"

戚南堂默不作声地掏出令牌。器灵认主的故事他听过不少，只是不曾亲眼见过。这少年出现得无声无息，虽距他仅咫尺之遥，他却丝毫感觉不到对方的存在。回想刚刚发生的一切，戚南堂已猜到了对方的身份。

那少年似乎全然不在意他怎么想，围着他慢慢踱了一圈，嫌弃道："你是今年新来的武生吧？武举没考成，被骗去守大门啦？我看你还是别挑什么兵刃了，这仗打不起来，趁早回家洗洗睡吧。"

"怎么讲？"戚南堂问。

他的确是进京来考武举的，却碰上俺答率军来犯。京师告急，九门戒严。他非但武举没考成，还和其他应举的武生一起被临时编进了守城的队伍里。此前他只知道老家的卫所不堪一用，没想到京师的禁军竟也一样。俺答兵临城下的时候，他们这些刚刚拼凑起来的守军还没领到作战的甲仗。

现有的军械本就不足，好一些的更到不了武生们的手里。戚南堂用剩下的银钱打点了一番，这才拿到令牌和库房的钥匙。本想让同队的武生们挑些可用的兵刃，不料还是被人摆了一道，这库房里哪还有像样的兵刃留给他们，能挑出一件首尾完整的就不错了——除了眼前的这支长枪。

"朝廷的事，说了你也不懂。"少年不耐烦地摆摆手，"你快走吧，本大爷没工夫伺候你们这些新兵蛋子。"

戚南堂淡淡地笑了一声。这少年说话的口气和他在老家见过的那些老兵油子一模一样。他过去见得多了，本已连厌恶都不屑表现，但今天他的心里憋着火，说什么也不能让这少年如意。

"我偏要你伺候。"

他突然展臂向长枪抓去，那少年骂了一声，忙调动脚边的棍棒刀枪朝他砸来。戚南堂随手抄起一块盾牌，挡掉劈头盖脸飞来的杂物，一心一意只捉枪杆。眼看就要抓到，长枪却猛地掉头回刺。戚南堂双手一扣，堪堪把枪头阻在胸前。枪尖已然挑破了他的衣襟，再往前一点，就能要了他的命。

"不想死就快滚，别以为水爷不敢动你！"那少年恶声恶气地威胁。

戚南堂瞧瞧他的神色，这些天来攒下的火气、憋屈和失望，突然全都退去了。少年若真想杀他，大可不必现身，更不用和他啰唆。现在对方越是暴躁，他反而越是笃定。

他想赌一把。

"我就不滚。你来吧。"

他松开双手，感到枪尖的锋芒意料之中地刺入胸膛——但也仅仅是刺破而已。一丝鲜血染红了他的衣襟，但那长枪却停住不动了。

戚南堂握住枪杆，将长枪揽在手中。他轻轻拂去枪上的灰尘，在上面找着一个模糊的"水"字，另有铸成时的年月，此外再无其他印记。

他问少年："你有名字吗？"

少年张大嘴巴望着他，似还在震惊之中，呆呆地道："我不记得了。"

"那就叫你小水吧。"戚南堂道，"你是我的枪，今后就跟我姓戚。"

"我呸！"少年终于回过神来，当即大骂，"你这疯子，不要脸的贼崽子！快把我放下！别以为你力气大水爷就怕你！谁要跟你走了？谁要跟你姓戚了？新兵蛋子不知天高地厚，明日俺答杀进城来，把你脑袋踩成肉泥！"

"没规矩。"戚南堂对他的叫骂置若罔闻，只管提着枪往外走，"算年龄我长你四岁，你乖乖叫我一声哥，我不会亏待你。"

　　那之后戚小水还骂了些什么，戚南堂已经不记得了。他只记得戚小水日夜不停地骂了他三天，直到俺答退了兵，他被调去戍边，戚小水都还在不依不饶地骂他。

　　后来戚小水告诉戚南堂，其实早在长枪第一次被触碰的那刻，他就知道自己命定的主人已经出现。

　　那些事，距今已有八年的时间。

　　三千日夜一晃而过，那场不愉快的初遇恍如昨日。在辰港枕戈待旦的日子里，戚南堂时常想起这些琐碎的往事。辰港的倭寨易守难攻，他和虞总兵想了许多办法都没能突破。朝廷的期限一天天近了，戚小水也一天比一天安静。这安静让戚南堂很不习惯。虽说是他让戚小水老实待着，别出来乱晃，但有时他宁可像从前那样，被那个聒噪的少年追在身后骂个不停。

　　从港口上山只一条道，奇袭、引诱皆行不通。戚南堂让队伍不分昼夜地更番迭战，直到寨中的倭寇终于露出疲态。最后的强攻定在黎明之前，他连夜将诸部安排妥当，回到帐中准备兵刃。这一战他必须亲自率队冲锋，除了姚臻的刀，他还需带些别的武器防身。

　　"哥，你带上我。"

　　戚小水就是在这个时候冒出来的。

　　连日来他一直很安分，但戚南堂的视线在断枪上面打了个转就又收了回去，这让戚小水心里突然没了底。

　　"带你？你还能打吗？"戚南堂不客气地问。

　　"能啊！我就是断成渣了，也比那些破铜烂铁强！"戚小水叫道。

昨日戚南堂刚给他喂过血，因此他虽看上去有些单薄，说起话来倒是中气十足。

"自打跟了你，哪次上阵我没立功？我告诉你，别给我来过河拆桥、卸磨杀驴的那一套。我已经老实躺了这么多天，我不跟你羣，但你也别撇下我！"

戚南堂有些想笑，但还是不动声色地看他一眼，不置可否。

"哥，"戚小水凑到他肩旁，语气软下来，"你要是回不来，我铁定也是活不成的。你带上我，你死了，咱们就死一块儿；你赢了，咱们就一起活下去。"

"哥，行不行你给句话。你别这样，我心慌。"

"我说不带你了吗？"戚南堂把姚臻的刀挎在腰间，随后扯了油布将断枪裹好，背在背上。

他不会告诉戚小水，刚才有一瞬间，他确实闪过一丝犹豫，他也是害怕的。他怕戚小水跟着他再受损伤，还怕自己活下来却救不了戚小水，正如从前他眼睁睁地看着倭寇屠杀百姓，而他手下的官兵却在弃甲溃逃。

不过眼下他的那点害怕已经在戚小水的笑声中散尽。他听见戚小水在他耳边嘿嘿笑道："哥，我知道你最疼我了。你放心，这次我保证不给你添乱。"

戚南堂背着断枪向帐外走去。外面的营地依然静悄悄的，只有数不清的甲片和兵锋在月色下闪着微光。

肆

"远靖，不能再往前了。"

戚南堂猫着腰伏在藤牌后面，听见不远处的总哨官轻声说道。他探头从藤牌间的缝隙向山坡上望去，茂密的竹林中倭寨的栅墙已清晰可见。

他凝神观望片刻，点了点头："让大家别动，把炮抬上来。"

昏暗的竹林里传来一阵悉悉窣窣的碎响。风过竹梢，竹浪起伏，将下面的响动统统盖了过去。

"从右往左，别冲得太快，别乱了阵型。"趁着挪炮的工夫，戚南堂又提醒道，"咱们分头杀进去，到寨门口集合。门一开咱们就散，外面的火铳队先上，咱们绕到后面，把他们全赶出来。"

总哨官抬手示意知道了，两人各自缩回盾后。一队人扛着炮小心翼翼地往上爬，其余的人继续伏在山坡上等待。竹林中一时无人说话，只有头顶竹浪声声，不绝于耳。

"哥，咱们这回可得把他们一窝端了，叫他们一个也别想逃。"

戚南堂正留意着炮的位置，忽听戚小水说道。

枪魂的声音别人是听不见的，但戚小水还是把嗓门压得极低，几乎贴上了戚南堂的耳朵，仿佛怕惊动寨中的倭寇。

戚南堂轻轻应了一声，本不打算接话，可戚小水却没有闭嘴的意思，又道："朝廷虽革了你和虞总兵的职，却不敢马上换人，看来也知道倭患难除，是个烫手山芋。他们自己心里没底，就把前方将士往绝路上逼，弟兄们的性命在那些狗官的眼里还比不上几箱银子！还有那胡大人，话说得比谁都漂亮，事情却办得磨叽。他要是早同意你练兵，咱们又怎会如此被动……"

戚南堂微不可察地蹙了蹙眉。倒不是嫌戚小水啰唆，他的枪一向话多，却很明白什么时候应该保持安静。眼下开战在即，他不便多言，可戚小水却一反常态地说个没完。戚南堂当然不会怪他，因

为他知道，这都是戚小水太过紧张的缘故。

　　戚小水虽比戚南堂小了几岁，可从军的时间却远早于自己的主人。当戚南堂遇见他时，他已然是个老兵油子，对京师和朝廷十分熟悉，就连临阵的经验也比戚南堂丰富得多。

　　戚南堂还记得当初的自己总被戚小水嘲笑，说他空有一腔热血却什么都不懂，说他是个书呆子，只会纸上谈兵。那时戚南堂没有为自己辩解，却并未把戚小水的话当耳旁风。他是新兵，要学的很多，这一点他从没忘，只是每每向戚小水求教都会被对方讥讽一番。后来他们去戍边，戚小水更是变本加厉。戚南堂本就被当地的老兵排挤，再加上戚小水的捉弄，头两个月栽了不少跟头。

　　戚小水虽不肯乖乖地配合，却也没有真的丢下他另寻出路，戚南堂一度不明白他为何要跟自己闹别扭。这状况一直持续到二十九年的冬天，他在带队换防的途中遇到了一小股窜入村庄杀掠抢劫的俺答骑兵。

　　那是他第一次独自带兵面对敌人，鞑靼人的铁骑自雪中呼啸而来，村中的惨叫与哭号声隔着老远都能听见。他手下的兵不多，又以新兵为主。他将新老士兵混编为三队，所有的火铳也集中起来重新分配，让大伙分三路包抄过去。在雪地里等待发令时，他能清晰地感觉到自己提着枪杆的胳膊在不住地颤抖。一半是因为寒冷，一半是因为恐惧。

　　"俺答的兵都离不开马，一会儿你带人冲上去，先伤马，再杀人。"

　　就在那时，他突然听见戚小水的声音。

　　"他们有弓箭，咱们有火铳，打起来不吃亏。你拿枪挑他们，俺答的腰刀近不了你的身。"

戚小水破天荒地没有笑话他，这让戚南堂着实吃了一惊。

少年见他愣着，以为他真的怕了，急道："你怎么回事？先前不是把文章写得头头是道吗？怎么真遇上俺答腿就软了？新兵蛋子就是新兵蛋子，没出息，不中用！有水爷保护你，你怕什么！"

戚小水说的每一个字，戚南堂至今都记得清清楚楚。那是他的枪第一次站到了他的身边。尽管此后戚小水也时常骂骂咧咧，但从那一战开始，一切都渐渐变得不一样。

戚小水大约从未想到，有一天他也会面对如眼前这般全然陌生的局面。身为长枪却不能同主人冲锋陷阵、并肩杀敌，由此带来的挫败与惶然就算他不提，戚南堂也能从他的声音里清晰地感受到。

戚南堂没有打断戚小水紧张兮兮的絮叨。眼前的倭寨比那一年的俺答更为凶险。但他的手很稳，心也很稳。他反手轻拍着背上的布包，直到戚小水在他的安抚下慢慢平静下来。

"开炮。"戚南堂下令。

头顶的竹浪被掀翻了。飞舞的竹叶如雨飘落。模糊的惨叫声伴随着炮火的轰鸣不断从高处传来，竹林里的官军悄无声息地冲上山坡，迅速从栅墙的豁口翻了进去。

不一会儿寨门被打开，官军得以从正面涌入。戚南堂不多停留，他带队绕到侧面，开始专心杀敌。

没了长枪在手，他还是有些不习惯。有姚臻的刀在手，他虽不惧倭刀，但那刀终究短了些，为了给对方致命的一击，他不得不耗费更多的力气。戚小水见他连杀数人，浑身浴血，却仍头也不回地往贼窝里冲，急得又骂起来。但戚南堂已经顾不了那么多。官军既已突入寨中，剩下的便只有不计代价地强杀。

要救戚小水，他必须兑现对姚臻的承诺。

寨中的倭寇被官军围堵，一部分试图突围下山，还有一些见逃命无望，便利用寨中的工具挣扎反击。戚南堂频频出现在最险处，很快被留下的倭寇盯上，身边的亲卫在混乱中被冲开丈余。他还顾不上回头看一眼，前方已有两把倭刀迎面砍来。

戚南堂躲过一刀，格下另一刀，顺手将姚臻的刀刺进一人的身体。可他的刀还没拔出，脑后就又袭来一阵劲风。

"别动！"只听戚小水大叫。

戚南堂与他何等默契，立刻明白了他要做什么。戚小水要他专心对付面前的敌人，不必去管背后的偷袭，因为裹着断枪的布包就背在他的背上。

尽管长枪已经残损不堪，戚小水却还想着为他挡下这一刀。

兵刃护主是职责，更是本能。但戚南堂知道，若再受伤，戚小水恐怕就真的没救了。

他不能给戚小水这个机会。

戚南堂将姚臻的刀连同挂在上面的尸体一齐抡向身后，用尸体挡住一把倭刀，用自己的肩膀接住了另一把倭刀，同时拔出刀来，将刺伤他的倭寇一刀削断了胳膊。

"哥！"

周遭血光飞溅，戚小水的声音都在发着颤。

刚刚还围着戚南堂的三名倭寇一死一伤。余下一人想要逃走，立刻被刀尖穿颈而过。戚南堂上前抓住刀柄一拧，那倭寇当场毙命，应声倒地。

戚南堂的肩头血流如注，但他不怎么在意。他提着刀站直身体，缓缓呼了口气。

"十五。"

伍

有一件事，戚小水一直不知道该如何告诉自己的主人。

他是在一场大火中睁开眼的。他出生就带着伤，因此也不记得自己完整的名字。直到大火被扑灭，长枪从废墟里清理出来，他才从人们的口中慢慢拼凑出自己的来历。

铸造他的匠师因触怒权贵而获罪。匠师不愿自己的杰作落入奸人手中，于是一把火点了铺子，自己也跳进火里化了灰。

戚小水是匠师铸就的最后一件兵刃。在刚听到这些的时候，他对许多事情还不太明白。皇帝是什么，奸臣是什么，百姓又是什么。不过他很快就有机会弄个明白。长枪虽有了瑕疵，但毕竟出于名匠之手。有人偷偷把他捡了去，刮掉匠师的印记，带到了军中。

那时的戚小水和别的新兵一样，也曾有过一段懵懂的日子。他甚至一度期待过自己的主人。首次苏醒时对这世间留下的惨烈印象，还不足以压抑长枪的脾气和血性。

他是一支枪，生来就应该被握在一双坚定的手中，永远一往无前，宁死不退。

可是日子长了，戚小水便渐渐地看明白了，那些憧憬和期待都不过一厢情愿。军队似乎被掏空了，烂透了。攀附权贵成了生存之道，贪腐的根须早已深入最底层的基石。谁看起来都像奸臣，谁又都不像奸臣。谁被免了职、罢了官，谁惹事被打了板子，谁侵吞了多少饷银，谁畏罪潜逃被追杀，皇帝又抄了谁的家。似曾相识的消息在戚小水耳边来来回回、反反复复，听得他耳朵都起了茧子。

他看着与他一同入伍的新兵变得麻木不仁，只知道混吃等死。他们为了晋升或保命与人同流合污，自甘堕落。他本是喜欢打抱不平的活泼性子，头几年遇到看不惯的人和事，他都会忍不住想要管上一管。

可是管着管着，戚小水管不下去了。

他是器灵，能施展的有限。他改变不了皇帝的想法，平复不了朝中的争斗倾轧。那些他看着顺眼的都丢了脑袋，不顺眼的反而平步青云、飞黄腾达。一次又一次的惊诧与失望让戚小水学会冷眼旁观。他开始漠然地面对这一切，然后找个安静的地方倾吐愤懑，宣泄沸腾的情绪。

他活得太憋屈，也太寂寞了。长枪生来就没有鞘。他不懂得含蓄，不懂得收敛，不懂得如何把话闷在心里。可是他没有倾诉的对象。他只能对着墙角骂骂咧咧，对着那些蒙昧无知的刀兵发发牢骚。偶尔他也会碰到和他一样有灵性的兵刃，他们都有各自的主人。

可是戚小水并不羡慕他们，因为他不喜欢他们的主人。

年复一年，戚小水在军中不停地流浪。他睡过汗臭熏天的营舍，住过气派奢靡的府邸，对着禁军的官兵装神弄鬼，到边镇的卫所混过日子。一批又一批新兵从他眼前流水般地经过，直到他把自己混成了老兵油子中的一员。而那些曾经持有过他的人，无论是将领还是小卒，活着还是死了，最终都成了他的过客。

戚小水终于看透，觉得累了。他的好心和耐心被耗得干干净净。既然没了期待，那还忙活什么呢？他什么都不惦记了。他只想把自己藏起来，躲在角落里静静地发呆。

被戚南堂带走后的很长一段时间，戚小水一直拒绝承认他是自己的主人。

戚小水以为这个男人到最后不外乎两种结果：要么在南墙上撞得头破血流，小命不保；要么被周遭的腐朽侵蚀同化，渐渐泯灭良知。在这个年代想要干成一番事业，似乎没人能逃过这两种宿命。

但是他没想到，戚南堂知进退而守执着，通世故而持本心，给了他第三种答案。

戚小水望着冶炉中的火光，突然感到一阵后怕。

他应该早些告诉戚南堂，自己是一件不完美的兵刃。如果不是因为这样，他也不会轻易地输给那些倭刀，更不会让戚南堂为了救他而涉险。

换掉戚小水，还会有更好的兵刃来配他的主人。可如果戚南堂死了，那才是真的什么都完了。

戚小水本来都已经想好了要离开。是他患得患失，有所隐瞒；是他不够坚韧，不够强大；是他对不住他的远靖哥哥。

可他终究还是不甘心，他怎么可能甘心。戚南堂只一句话，就让他连故作洒脱都做不到。

他的眼中淌着血泪，哽咽着说："哥，你救救我。"

炉中的火焰越来越烫，戚小水在火中梦到了从前。记忆的碎片被重新熔铸、锤炼，他似乎睡了很长的一觉。在他的梦中，他看到戚南堂推开了库房的大门向他走来，他还看到了二十多年前京师的那场大火，那个亲手铸就他的人开合着双唇，在火中对他说话。

他听到了自己的名字。

"还记得你是谁吗？"

当一切平息下来时，戚小水又见到了那张熟悉的面容。他看见戚南堂站在自己面前，微蹙着眉，神色间难得流露出一丝忐忑。

"烈水，"他迫不及待地告诉他，"我叫烈水。"

戚南堂沉默片刻，眼中的失落一闪而过："那你还记得我吗？"

他以为戚小水回炉一趟便把什么都忘了，戚小水也看出来了。

披甲的少年望着戚南堂笑了起来，不是嘲笑的笑，是令人安心的笑。

"我叫戚烈水。"他精神抖擞地回答，"你是我的远靖哥哥。"

237

图书在版编目（CIP）数据

剑下之臣／戚约 编著 .—武汉：长江出版社，
2021.12
ISBN 978-7-5492-8088-9

Ⅰ.①剑… Ⅱ.①戚… Ⅲ.①短篇小说—小说集—中
国—当代 Ⅳ.① I247.7
中国版本图书馆 CIP 数据核字 (2021) 第 252376 号

剑下之臣 / 戚约 编著

出　　版	长江出版社	
	（武汉市解放大道1863号　邮政编码：430010)	
选题策划	漫娱图书　徐　册	
市场发行	长江出版社发行部	
网　　址	http://www.cjpress.com.cn	
责任编辑	李　恒	
总 策 划	两脚猫工作室	开　本　880mm×1230mm 1／32
装帧设计	许　颖	印　张　7.25
印　　刷	恒美印务（广州）有限公司	字　数　200千
版　　次	2021年12月第1版	书　号　ISBN 978-7-5492-8088-9
印　　次	2021年12月第1次印刷	定　价　42.80元